云南大学缅甸研究院资助出版项目

悠悠往事

严修莹 著

五洲传播出版社

图书在版编目（CIP）数据

悠悠往事 / 严修莹著 . —北京：五洲传播出版社，2022.1
ISBN 978-7-5085-4636-0

I. ①悠… II. ①严… III. ①回忆录－作品集－中国－当代 IV. ① I251

中国版本图书馆 CIP 数据核字 (2021) 第 053120 号

悠悠往事

著　　者／严修莹
出 版 人／关　宏
策划编辑／高　磊
责任编辑／黄金敏
设计制作／北京原色印象文化艺术中心
出版发行／五洲传播出版社
地　　址／北京市海淀区北三环中路 31 号生产力大楼 B 座 6 层
邮　　编／ 100088
发行电话／ 010-82005927, 010-82007837
网　　址／ http://www.cicc.org.cn　http://www.thatsbooks.com
印　　刷／北京市房山腾龙印刷厂
版　　次／ 2022 年 1 月第 1 版第 1 次印刷
开　　本／ 787 × 1092mm　1/16
印　　张／ 11.5
字　　数／ 90 千字
定　　价／ 58.00 元

目　录

第一章 成长于乱世

1933 年，我出生在江南水乡吴县甪直镇（现属苏州市吴中区）的一个穷苦家庭。2 岁时，在镇上六通轮船公司做经理的 59 岁的父亲突发哮喘病故。从此家里失去了经济来源，我们的生活跌入谷底。倔强的母亲节衣缩食、出外打零工，大哥也早早挑起了家庭重担，这样才勉强维持住一家人的生活。

那时，我正值长身体的年龄。大约有近 7 年时间，我过着一天三顿都吃稀粥或以南瓜、红薯充饥的清苦生活。我备尝饥饿的滋味，常常被饿得头晕眼花，身出虚汗，眼冒金星，口吐酸水，以致寸步难行！

我上面有一个姐姐，两个哥哥。从小，二哥和我的头发因没有钱到店里理，都是理发铺子一位好心师傅借给家里一把剃刀，由我妈给我俩剃的。

大哥和姐姐小学毕业后双双辍学了。大哥 13 岁时，就去上海的雷允上中药店当学徒，从此一生从事中医工作。二哥也因交不起学费，小学四年级没有读完，11 岁就被迫在镇上一家米行当学徒。我这个老幺很幸运，主要依靠大哥经济上的接济，读到了中专，成为家中文化程度最高的人。老话说，长兄若父，我家就是这种情况。

1937 年 11 月，甪直镇被日寇占领沦陷，之后成立汪伪镇政府。我的姐姐 16 岁时曾冒死跳楼，由此逃过了被镇上日本大兵蹂躏之劫；我的二哥在小学时，也因拒不唱日本歌而被日本兵扇耳光。我们当了长达 8 年的亡国奴，用的是汪伪

父亲严德源

作者 4 岁时与二哥中亮合影。

政府发行的"储备票"，亲眼目睹了日寇的恶行和暴行。我们全家没少吃过国民党统治后期恶性通货膨胀、物价飞涨、抓壮丁的苦头。

我虽从小失去父爱，但母亲给了我加倍的爱。母亲虽然目不识丁，却是一位充满爱心、吃苦耐劳、性格倔强的女子。她一直用通俗易懂的话语教育我们："你们的爸爸没有给你们留下什么东西，只给你们每人十个手指头。你们要好好读书，要争气，靠自己的本事挣钱养活自己！"

1949 年 5 月，在镇上鲁望中学念初三的我，目睹了纪律严明的解放军解放了家乡。对共产党的好感，促使我很快成为该校第一批积极分子，并加入了新民主主义青年团。

1950 年，我考上苏州农业专科学校。那年秋天，为了响应政务院"抗美援朝，保家卫国"的号召，我抱着为国捐躯

左起：母亲、母亲怀抱着的春哥、璟哥、瑛姐、荷姐（5 岁夭折），当时作者尚未出生

的决心，唱着“雄纠纠，气昂昂，跨过鸭绿江”的雄壮歌声，参加了军事干部学校。但是，朝鲜战场我最终没有去成。同年 12 月，我被分配到北京外国语学校（即北京外国语大学的前身）英语系学习英语，从此开启了毕生从事外语工作的生涯。

北京外国语学校（以下简称“外校”）当时在颐和园附近的西苑（即现今的颐东苑），与华北革命大学共处一个大院，周围都是水田。当年老同学热情欢迎的场面让我终生难忘，他们一律着黑色棉制服，腰里系着红绸带，随着乐曲声扭着秧歌，在西苑大街通往校园门口的马路两旁夹道欢迎我们。女同学的脸颊冻得通红，嘴里还哈着热气。横幅上写着“来了就是主人！”“同学们到家了！”高班同学还捧来了一碗碗热气腾腾的豆浆，为我们驱寒。而后，他们自己则搬到附近六郎庄老乡家挤着住，把学校宿舍腾给我们，并手把手

作者穿着北京外国语学校发的棉制服。

1951 年夏，作者在北京外国语学校。

教我们这些初来乍到的南方学子如何伺弄宿舍用来取暖的煤火炉。他们的热情欢迎，使我感到无比温暖，我心里默默对自己说："我从此自立了，不用靠大哥接济了，外校就是我的家。"

外校是个抗日大学式的干部学校，对学员实行包干制，发放制服、鞋帽等，除包伙食外，每月每人还发 3 元 8 角的零用钱。除星期日一日两餐外，其余均一日三餐。每个班由一名高年级同学担任主管思想的政治协理员。

经摸底考试，我被分配在英语系乙级四班，第二学期升至七班，再后升至八班（最高为九班），一直是团干部（宣传委员）。同学们亲切地叫我"严胖"。教过我英语的三位老师是张素娥、程镇球和杨树勋。

新中国成立初期，人心积极向上，人与人之间的关系真诚而纯洁，不是亲人，胜似亲人。外校犹如一个革命大熔炉、一个无比温暖的大集体。每每想起那一段时期的生活，我依然十分留恋，难以忘怀。

我在外校学了2年英语。1952年8月，被外交部作为学习员抽调去驻缅甸使馆学习缅语。从此，我与缅语结下了不解之缘，我的婚姻也因缅语而结缘，一辈子搞缅语成为我的理想。

第二章　首赴驻缅使馆

客机在西贡意外降落

1952 年 8 月，我们一行四人在徐毅民副武官带领下，从深圳罗湖口岸出境去香港。过罗湖桥时，首先与我们打交道的是港英当局的移民局人员（看上去他们是华人）。他们查验我们护照的架势让我终生难忘。只见他们身着黄卡其布制服，两条腿叉开，两手背在身后，摆出一副目中无人、居高临下的傲慢姿态。走近时，他们伸手接过我们递上的护照，只用眼角不屑一顾地扫了一下，然后一手拿护照一晃，放到脖颈旁，让我们去接。这种看人的眼光与举止，使我感到很不舒服，觉得自尊心受到了莫大的伤害。我心想，你不也是华人吗？有什么了不起，不就是一个英国人雇佣的移民官吗？分明是仗势欺人。我心里骂了一句"黄皮狗！"这种情形，与当时在外校人与人之间平等、友爱的氛围，形成鲜明的反差。尽管我事先早有思想准备，但实际一接触这种事情，仍感到与之格格不入。

一进入香港，我就感到如同进入了另一个世界。这一幕，让我真切感受到什么叫敌视新中国，什么叫帝国主义，什么叫殖民主义。事情已经过去六十多年了，然而当时的情景却依然鲜活地保存在我的记忆之中。

现今，从北京去仰光有直达航班，而 1952 年那会儿，去仰光的交通并不那么便捷，因为我国与缅甸还没开通经云南的直达航线。再说，当时还没有快捷的喷气式客机，去缅甸首都仰光的航线比较绕。需要先从香港启德机场出发，飞行 7 小时，到达新加坡住一晚；第二天又飞行 7 小时，到达印度的最大城市加尔各答再住一晚；第三天从加尔各答飞行 3 小时，才能到达仰光。这就算是当时去仰光最快捷的航线了。

我们乘坐的是 B.O.A.C（英国海外航空公司）的航班，飞机有四台螺旋桨发动机，可载 100 多人，当时已是速度很快的客机了。我们一行四人，只有徐副武官一人持红皮外交护照，其余三人（程瑞声、保姆和我）都持绿皮公务护照。装机密文件的一只小皮箱，一直由徐副武官随身不离地负责保管。上了飞机，我的警惕性就很高，生怕我们座位前后有特务。

飞机从启德机场加速起飞的一刹那，跑道两旁停着的两排数十架全身黑色、机翼折叠、尾翼上漆着鲜艳五星红旗的飞机映入了我的眼帘。原来，这是美国为报复我国没收其在华资本而扣留在港的我国飞机。香港与内地虽近在咫尺，美国却可以在这里为所欲为！

飞机飞行了大约 3 小时左右开始下降，我们以为下面就是第一站新加坡，但这时机长走进客舱通知乘客：飞机因为有故障，需临时降落西贡（即现今的胡志明市）检修。这是我们始料不及的情况。

西贡当时是法国占领的越南首都，掌权的是法国扶植的保大傀儡集团。那时，我国正派人支持越南人民抗击法国殖民主义的武装斗争，与保大政权不仅没有建立外交关系，而且实际上处于敌对的交战状态。显然，飞机经停西贡，我们的人身安全是得不到保障的。

为防不测，徐毅民听到通知后，不等飞机落地，就立即

20 世纪 50 年代，作者在驻缅使馆与徐毅民副武官（右）合影。

拿起那只文件箱，叫上我一起到机舱后部的卫生间。进了卫生间，他马上把门反锁上，打开文件箱，把拍有机密文件的胶卷全部拉出曝光，只剩下一些机密程度不高的纸质文件。然后我们就若无其事地一起重新回到座位上。后来到 1953—1954 年间，中缅两国使馆互设了无线电台，才结束了这种密件传递方式。

这时飞机已落地，其他乘客鱼贯而下，徐毅民嘱咐我们坐着，先不下机。不久，机长见机上只剩下我们四人，似无下机的意思，就过来问为什么不到候机室去休息。徐毅民告诉他我们想就在机舱休息，不下去了。机长感到迷惑不解，他说候机室内可以休息，还免费提供饮料。后来，他又说飞机要检修，乘客都得下机。这样我们就不得不下机了。临下机时，徐毅民小声对我们说，下去后如有情况，看他做手势，大家尽快将文件箱中的文件分头吃掉，还有的文件可销毁，他带着打火机呢!

我们四人下机后，正好围坐在一张小方桌周围，喝着饮料，装作放松的样子。其实我一直盯着站在我对面不远处戴着蛤蟆墨镜的一名全副武装的法国兵，心脏怦怦地跳动，神经高度紧张。我心想，要有什么动静，这家伙大概会首先动手。所以我特别警惕他的一举一动，准备随时一跃而起销毁文件。当时只觉得时间过得特慢，大约过了 1 小时，终于得到通知，可以上飞机了。我们松了一口气，还好平安无事，是一场虚惊!

这是我走出校门后经历的第一件与国家机密相关的事情，也给我上了一课，使我懂得了国家机密高于一切的道理，并第一次体会到外交工作的不可预测性。

缅语是如何快速学成的

1952 年 8 月，我作为新中国成立后外交部派出的第一代缅语学习员，前往我国驻缅使馆进行学习。从未接触过缅语的我，根本没有见过缅文究竟长啥样儿。我们抵达仰光机场时，在候机室墙上，一眼看到了一些圈圈点点、圆圈套圆圈的文字，特像豆芽菜。噢，原来缅文是这样的! 我们要学习并将与之打一辈子交道的文字居然如此奇特!

我们到达使馆的第二天，姚仲明大使就在办公室找我们谈话，他没有说很多话，只是要我们尽快学成缅语，并称使馆有大量工作等着我们做呢! 同时，他当即决定，我们半天进行工作，半天进行学习，即上午工作、下午学习。程瑞声和我都分配在文化新闻处，那年我还不满 19 周岁。

当时全馆只有一名缅语翻译，是一位华侨雇员郑君实。他成了我们学习缅语的启蒙老师。他在使馆的工作就是每天将 20 多份缅文报纸上有参考价值的消息、文章译成中文，供使馆领导参考，因为当时大部分外交官不会外语。由此可见，当时使馆缅语翻译短缺，已成为制约使馆正常开展工作和了解驻在国情况的瓶颈。这种情况对我们既是压力，也是动力。

巨大的使命感，容不得我们有丝毫懈怠和拖拉。使馆缺缅语翻译的现状犹如无声的命令，要求我们尽快掌握缅语，成为业务上过硬的缅语翻译。

正是在这种客观形势的压力下，我们开始了缅语学习。郑老师用 1 个月时间，教完包括 33 个缅文字母在内的缅甸小学课本一、二册。随即就直接把缅文报纸当教材，选一条消息或一篇短文作为课文进行讲解。老师的目的很明确，就是要我们尽快看懂缅文报刊和听懂缅语广播。

好在使馆的语言环境比国内好得多，一有时间，我就想尽办法练习听力和口语，如清早起来首先朗读缅文，不管听懂听不懂，定时收听缅语广播，抓紧一切机会与使馆的华侨雇员，如保姆、园丁学习口语。就这样，我见缝插针地学习，功夫不负有心人，经过 4 个月非正规的突击学习后，我们居然就开始翻译缅文报纸了。

领导得知后，马上让使馆机要室为我们配备了一台灵敏度较高的真空管收音机，要我们收听缅语广播。一天，我们不经意间将旋钮旋到了缅共地下广播的波段（当时缅共根据地总部就在离仰光三四百公里的勃固山区），这让我们欣喜若狂。一开始，我们只要听懂广播中的只言片语，也会激动不已，随着时间的推移，听懂的内容越来越多。我们将缅共地下广播中的一些消息译成中文，给领导参考。这对使馆来说，无疑相当于又开辟了一个了解缅甸情况的全新渠道。记得斯大林逝世的消息，就是我们首先听缅共地下电台获悉的。

大概在1954年，缅甸召开国家繁荣计划大会。这是当时缅甸国内的一件大事，政府出台了“国家繁荣计划”，美国也允诺为该计划提供援助。吴努总理在会上作了长篇报告，提出缅甸在10年之后实现国家的繁荣，目标是老百姓每家每户“一辆车，一栋楼”。一时间，这成为十分诱人的口号。

当地报纸只登载该报告的摘要，但使馆很重视这次会议的内容，要求看全文。通过努力，我们终于搞到一盘录音带，那时的录音带还是钢丝的，音质差，但是我们硬是一点一点地“啃”。缅文仅学了2年时间都不到的两个年轻人，居然把报告全文译出了，因此我们还受到了领导的表扬。

由于我们对缅语的快速掌握，不久，使馆领导决定，使馆除了已出版发行的英文《今日中国》之外，又增出缅文版《今日中国》，以扩大新中国的影响。从此，使馆就有了双语版的《今日中国》。

这里顺便提一下，当时苏联驻缅使馆也有两位专学缅语的苏联小伙子，我们相互都认识，也有交流。他们请缅甸人用英语教，可是几年下来始终未能学成，他们的缅语发音怪腔怪调，缅甸人很难听懂，连阅读缅文报纸也有困难。缅语属汉藏语系，对于斯拉夫民族来说，学起来可能有点难度。所以苏联驻缅使馆最后仍只能雇缅甸人，将缅文译成英文来了解缅文报纸上的消息。此后，苏方就再也不派人来学习缅语了。鉴于当时中苏属“兄弟国家”，使馆每天将油印的《缅

20世纪50年代，三名缅语学员（左起：唐福泉、作者、程瑞声）摄于缅甸伊江大桥前。

报摘译》送一份给他们（苏联使馆中有懂中文的人）。这种关系一直维持到60年代中苏两国关系破裂时为止。

大约一年后，我们开始阅读缅文小说，请了一位缅甸老师吴拉丁来提高我们的缅语水平。他每周花两个早晨来使馆授课，答疑解惑，我们也就改为全天工作，利用业余时间学缅文。我们各自选读不同的缅文小说，不懂的地方就请教吴拉丁，因此缅语水平有了新的提高。20世纪60年代，程瑞声和我双双被外交部定为缅语高级翻译，为国家领导人做缅语口译。

回想起来，我们这种不正规的、学用密切结合的速成学习缅语方法，远比单纯的课堂教学效果好得多。缅语只学了2年（而且还只是花半天学习），听、说、写就基本过关。主要原因就在于语言环境良好，学用结合紧密。

当时使用缅语机会多，还有两方面原因：第一，缅甸独

1955 年，作者在使馆招待会上为官达非一秘做口译。

立后，缅政府即把缅语定为官方通用语言；第二，中缅关系正处于大发展时期，国家领导人互访多，人员来往也多，使用缅语的机会自然多。这是我们缅语提高得快的重要原因。

后来得知，1952 年之后，外交部还从外校和其他高校抽调学员，去国外学习多种非通用语言，如印地语、乌尔都语、僧伽罗语、尼泊尔语、罗马尼亚语、阿尔巴尼亚语、瑞典语、挪威语、斯瓦希里语和豪萨语等，甚至还有不丹语。

但据我所知，除阿尔巴尼亚语和罗马尼亚语用得较多外，外交部大部分学习非通用语言当口译的同志并没有我们那么幸运，他们大多始终处于“平时使用机会少，急用时要求高”的矛盾和尴尬之中。特别是他们为国家领导人做口译的机会少之又少。有些国家与我们没有多少来往；有些国家的上层人士愿意讲英语或法语，学了他们本国的语言，却是英雄无用武之地，坐冷板凳的大有人在。久而久之，大家就把所学到的东西还给老师了。因此，当时我们几个学缅语的，在外交部的非通用外语人员中被人羡慕得很，部里甚至有同志还把我们三个学缅语的美称为外交部的“三剑客”。

如何看待昂山将军

昂山将军在缅甸人民中享有崇高的威望，被尊称为“独立之父”和“缅甸国父”，可是，他在历史上曾经联合日本帝国主义，反抗英国殖民主义。20 世纪 40 年代，昂山将军一度还在日本占领期间的缅甸伪政府中担任过部长。后来他又反戈一击，成立反法西斯人民自由同盟，领导缅甸人民进行武装起义，配合盟军取得抗日战争的胜利。

接着，昂山将军又领导了反对英国殖民主义和争取民族独立运动的斗争。1947 年初，他曾代表缅甸与英国首相艾德礼谈判，使英方签订了“昂山—艾德礼协定”，被迫同意缅甸独立。1947 年 7 月 19 日，昂山将军被英国收买的政客吴素刺杀，从此缅甸人民把昂山将军视为民族英雄，并将每年的 7 月 19 日定为全国纪念的烈士节。

对于这样一位“曲线救国”的缅甸历史人物，在新中国成立初期，有人曾用我国的情况作为简单衡量别国的尺度，因此对昂山的评价基本是负面的，国内有的杂志刊登的漫画甚至公开将昂山丑化为“缅奸”。此前，我国驻缅使馆对待昂山将军的态度暧昧，从未向昂山墓献过花圈。

1954 年 6 月，周总理应印度总理尼赫鲁和缅甸总理吴努的邀请，利用日内瓦印度支那问题国际会议休会的间隙，先

1954 年，在使馆的招待会上（右一为官达非，右二为作者，右三为缅甸内阁秘书长德钦觉漂）。

后到印度和缅甸访问，与印度和缅甸总理分别发表了处理不同社会制度国家之间关系的《和平共处五项原则》的联合声明。这是新中国成立后，我国的一个重大外交举措，也公开阐明了我国处理对外关系的重大原则主张。

周总理与印度尼赫鲁总理发表联合声明后，于 6 月 28 日抵达仰光，这是周总理首次访问缅甸，但访问时间很短，仅 2 天。按照缅方的访问日程安排，第二天周总理要去昂山墓献花圈。该不该向昂山墓献花，这是一个重大原则问题。

考虑到昂山将军对缅甸独立的贡献和缅甸人民对昂山将军的感情，周总理到仰光后，在深夜亲自起草急电请示毛主席，建议向昂山墓献花圈，获毛主席批准。从此，我国调整了对昂山将军的态度，结果收到了很好的效果，赢得了缅甸老百姓的好感。此后，我国对昂山将军一直采取肯定和尊重的态度。

周总理这次访缅是他前后九次访缅中的首次，这也是驻缅使馆第一次接待周总理这样重要的国家领导人，人力、物力和经验都欠缺。全馆只有五至六辆车，为此，使馆从苏联驻缅使馆临时借用一辆带司机的吉斯车作为机动车（当时中苏属“兄弟关系”，苏驻缅大使来见我国大使，可直接上二楼到姚大使办公室谈话）。

周总理要去昂山墓献花圈，临时决定由徐毅民副武官随行做周总理的警卫。那天上午，我奉徐毅民之命，拿了他给我的一把钥匙，急匆匆坐上那辆吉斯车直奔武官处，去楼上开柜子取出一把精美的小手枪交给他。这也算我对周总理首次访缅做过的一点事。

接待文化艺术团访缅趣闻

1954 年 12 月，郑振铎和周而复率领中国文化艺术代表团访问缅甸。这是中缅两国建交并共同发表《和平共处五项原则》之后，我国访问缅甸的第一个大型文化艺术代表团，对此双方都很重视。

这一点，从代表团的组成阵容上即可看出。团中有袁世海、李少春、叶盛兰、李和曾和张美娟等京剧名角儿，还有戴爱莲和周小燕这样的艺术家，以及钢琴家巫漪丽、笛子演奏家陆春龄、舞蹈演员张均等。中国代表团的成员达四五十人之多。

当时，缅甸的基础设施较差，整个仰光没有一座像样的剧院，也没有大型的演出舞台。为此，缅方按我方提供的设计图纸，临时在仰光一广场专门搭建了一座木结构大型舞台，将其修成一个露天剧场。京剧名家李和曾为此先期来仰光具体指导搭建舞台的事宜，当时我担任翻译。

代表团先访问印度，在印度的最后一站是加尔各答。使馆一秘宫达非(后任外交部副部长)和我前往加市接团。下午，我们从仰光乘飞机，到达加尔各答时已是夜幕降临，万家灯火。

在我国驻加尔各答总领馆吃过晚饭后，总领事柳雨峰安排我们当晚 9 点到加尔各答郊区的一座小车站去迎候代表团的火车，以便在车上向代表团及时介绍有关缅方的筹备情况。

司机开了 2 个多小时的车，把我们送到了那座小车站。那个年代，外交人员出门身上一般很少带钱，更不像现在，几乎人人有手机。当时，我们既不会去记总领馆的电话号码，也不会为可能出现的不测情况做准备。毕竟当时还处在新中国成立初期，大家都缺乏经验。

总领馆的司机把我们送到火车站后，就开车回去了。宫达非和我当即去找火车站站长，了解文化艺术代表团乘坐火车的具体到达时间。一打听，才得知火车误点了，当晚到不了，要第二天凌晨才到。

当时我俩身无分文，又无法与总领馆联系，只好干等了。这一宿如何打发呢？我们察看了一下小车站周边的情况，觉得也没有什么好去处，只得回候车室。别无选择，我们决定在候车室内将就一夜。好在天气炎热，无需卧具，候车室内人也挺少，里面有不少靠背长椅还空着。这时，我们已困得不行，也顾不得身份和安全与否，和衣倒头就睡。宫达非索性把随身带的公文包当作枕头，我们一人占一张并排的靠背长椅，很快就进入了梦乡。

一觉醒来，已是早晨5点多钟。我们睁开眼睛一看，周围黑压压的一片全是人。不仅在长椅上，地面上也横七竖八地到处躺着印度人，候车室里几乎无插足之地。空气中弥漫着汗液、槟榔和烟草的混合味道，让人透不过气来。显然，昨夜因为捷足先登，我们占据了有利位置，不然哪里有我们的容身之处？！我俩赶紧爬起来，走出候车室，到站台上去呼吸新鲜空气。现在想想，新中国初期的外交人员，大都有这种艰苦朴素的作风。

在加尔各答城里，外国游人出门上街，经常会遇到一些乞讨的印度小孩，有的甚至拽住游客的衣服不放，愣要游客给钱。但从我们在印度这个小车站平安夜宿这一点看，当地的民风可谓相对淳朴了。

不一会儿，我们盼望已久的、载着中国文化艺术团成员的火车徐徐进站。我们上了火车见了代表团，才发现原来这是一趟专列，上面并没有其他乘客，后来还得知该列车曾经是大英帝国前驻印度总督的御用专列。出于好奇心，我不由得想仔细见识一下昔日印度“太上皇”的专列。我先在车下巡视一番，只见它全身都是绛红色，车上有卫生间，有澡盆。想当初，在20世纪三四十年代，它确实透出一些奢华的“王者”之气。但列车的车身狭窄，高度低，窗户也不大，且每一节车厢只有一个门上下，车厢与车厢之间互不连通。有些活动，例如用餐，是必须等车停下来转上餐车才行的，似有诸多不便。这种设计也许是出于安全考虑。看来，当初大英帝国殖民地主子的奢华程度也不过如此。

宫达非和我随团一起去附近的桑地尼克丹，参观了印度著名作家、诗人和社会活动家泰戈尔创办的国际大学及其故居。我对泰戈尔的故居已没有多少印象，只记得就在国际大学的校园内，但那所大学却给我留下了深刻印象。它与一般大学的不同之处，在于校园如同一个大花园，房少树多，有大片成茵的绿地。有不少课就是在室外讲授的，热带大树的树冠如同一把大遮阳伞，大地就是教室，学生就在几棵、甚至一棵大树下席地而坐上课。这样上课，不但省去了课桌椅，还给人以返朴归真、置身自然怀抱的感觉，好一派田园般的诗情画意！这所大学犹如世外桃源，空气清新，远离城市的喧哗嘈杂，静谧而幽雅。它甚至会让人联想起远离红尘、坐禅修行的出家人的场所。

在这样一所大学中，居然还设有汉语专业，老师显然主要是当地的华侨华人。学生虽不多，但还能说上几句汉语，这不禁使我产生了亲切之感。

给我留下印象的另一点，是当时印度人民对中国的真诚友好之情。代表团所到之处都有印度人民自发出来欢迎，“印地——秦尼帕依帕依！”（中文意思是“印中人民是兄弟！”）之声不绝于耳。特别是当代表团离开加尔各答机场时，欢送场面隆重而又热烈。欢送的人群在机场停机坪载歌载舞，场面十分动人，令人难忘。一个文化艺术代表团竟受到了如此隆重而热烈的群众欢迎！可不是么，就在当年6月，周总理刚访问过印度，与尼赫鲁总理共同发表了《和平共处五项原则》的联合声明。当时的中印关系正处于蜜月期。

中国文化艺术代表团在仰光的演出取得了巨大成功，当时缅甸报纸都在头版刊登代表团演出的大幅照片，盛况空前。中国艺术团在仰光演出的那几天，简直成了仰光老百姓的盛大节日。缅甸观众特别爱看武打戏如《大闹天宫》和《三岔口》，还有舞蹈《采茶舞》和《荷花舞》等。有的观众灵机一动，还爬到附近树上观看演出。毕竟这些节目代表了原汁原味的中国艺术，而且表演者中还有不少顶尖的艺术家。

代表团在曼德勒的一段经历令人难忘。曼德勒虽被称为缅甸第二大城市，但基础设施更差。不要说没有大型的演出剧场，就连像样一点的旅馆也没有一个。当时，缅方只能安排代表团少数领导人和艺术家住几栋小楼，大部分团员则被安排住在一所基本建好但尚未投入使用的医学专科学校。由于无法演出，代表团的主要活动是参观皇宫和眉妙高原花城。

当时的厕所全部是室外修建的临时茅坑。一排石棉屋顶的木结构房，被分隔成装门的 10 余小间，男女厕分开，每一小间都有一个蹲坑，坑深近 2 米，相对而言还比较卫生。

缅甸天气炎热，这么多人每天要洗澡又是个大问题。总不能让中国团员，特别是女团员也像当地老百姓那样把筒裙往上一提，遮住胸部就当众在露天水龙头前冲洗吧！缅方实在没办法，最后决定把医学专科学校刚修好的、计划用来浸泡解剖尸体的水泥池子权做洗澡盆。这种池子比正常的澡盆深得多，池边临时砌上台阶，洗澡时人得走上台阶，然后小心翼翼跨进池子，洗完后再爬出来。总之，进出很不方便。许多团员不谙内情，不解地问我为什么洗澡池如此怪异，一点也不为洗澡的人着想。事后我告之真相，他们才恍然大悟，更有些女团员大惊失色。由此可见当年曼德勒市的基础设施之差了。不过，这也突显出缅方为接待好中国文化艺术团，真的是想尽了办法！

囿于当时我国的经济情况，一个四五十人的代表团从仰光都乘飞机回国花外汇太多，负担过重，所以全团改乘一条客货两用轮（载重 8 千多吨），在海上颠簸了半个月才回到国内。

短暂的试点

大约在 1954 年，外交部张闻天副部长带了几个同志来驻缅使馆视察工作。他们住在大使官邸，白天来使馆总部，即海尔宾路 1 号院。下面的同志都不清楚他们一行来使馆的具体任务。

一天上午，大家忽然议论纷纷，原来是使馆的一位老实巴交的中文打字员、三秘夫人陈莲宝不上班了。这时我们才得知，这正是张闻天副部长一行来使馆视察的具体工作内容之一。他们与使馆领导商定，指定陈莲宝作为外交官夫人不工作的试点对象。

我们都觉得这一做法很新鲜，但不清楚这样做有什么好处。后来听说，这一做法是学习苏联的经验。苏联使馆的外交官夫人都不工作，她们的任务就是照顾好丈夫和孩子，让丈夫全力以赴投入工作。这一点，我们倒也清楚，苏联驻缅使馆的情况确实如此。他们的外交官夫人都不工作，平时就看管孩子，因为他们是可以把孩子带在身边一起到使馆的，而我们当时还做不到这一点。再说，当时我们外交官的薪金还不高，这其中有种种原因，最主要的，就是国家还拿不出这么多外汇。

那位被试行“外交官夫人不工作”做法的陈莲宝很值得同情。她当时有一个刚出生不久的孩子，由保姆照顾。一向上惯了班的她，一下子突然“失业”，心里很不适应。孩子不需要她照顾，一个人不能单独外出，又没有多少事可做。别人上班，也不可能与她聊天。她只能一人闷在房间里，洗点衣服，打扫一下卫生，这些事花半天时间足矣。余下的时间她一个人很是无聊。

再说，我国外交人员当时的薪金远比苏联的少，两口子在国外生活，靠一人的薪金，加重了家庭负担，大家都不看好这种做法，议论纷纷。可怜的陈莲宝，好不容易挨过了闲得发慌的一天。为了找点事做，快到下班时，她就跑到每间办公室，收集废纸篓里的废纸帮着去焚毁，以减轻心中说不出的不平衡感。此后，快下班时，总是看到她忙碌的身影，进出一个个办公室做清洁工作。

大概 1 个多月后，张闻天一行回国，这种试点也就无疾而终了。陈莲宝恢复上班继续做打字工作，一切又回复平静。这种外交官夫人不工作的做法，在当时看起来有点脱离实际，过于超前了。现在的情况是水到渠成，我国的外交官也可带配偶和孩子，也就用不着试点了。

为周总理等领导人守护专机

1955 年 4 月，周恩来总理应邀参加在印度尼西亚万隆举行的亚非会议，并应吴努总理的邀请在仰光与一些与会国家领导人进行会前磋商。当时我国还没有属于自己的大飞机，所以向印度包租了两架飞机。一架是 L-749A“星座”客机“克什米尔公主”号，载着一批采访报道这次会议的中外记者，于4月11日先行从香港起飞去印尼。该机在香港启德机场被国民党特务暗中破坏，在印尼的纳土纳群岛上空爆炸坠毁，机上大部分乘客遇难。这是一起震惊世界的事件。后来查明，国民党特务企图暗杀出席这次会议的周总理，所幸周总理没有在这架飞机上。

另一架是DC-4“空中霸王”客机，由印度飞行员驾驶。这种飞机有四个螺旋桨引擎，速度比现在的喷气式飞机慢得多，从仰光直飞万隆要花9个小时，但在当时已是不错的飞机了。周总理乘这架飞机于4月14日从昆明先到达仰光。有了“克什米尔公主”号血的教训，这次飞行的安保工作更为严格。除公安部的安保人员外，我国空军的一名机械师也随行。包机停在仰光的军用机场（实际上，所谓军用机场，只是一大片地上铺了钢板、十分简陋的停机坪，它与仰光国际机场相通，共用一条跑道），由缅甸政府负责派卫兵守卫。为保证万无一失，我国驻缅使馆还专门抽调可靠的懂缅语的年轻同志轮流去机场看守值班。我当时是被指定参加周总理专机守护和保卫工作的几个年轻人之一。与另一位同志一起为周总理专机飞往印尼的前夜值班，我备感光荣。

记得周总理一行下榻在缅甸国宾馆。第二天，即4月15日，在使馆1号院一间40多平方米的会客室，周总理专门请当时来仰光的印度总理尼赫鲁、埃及总统纳赛尔、阿富汗副首相纳伊姆汗、越南总理范文同等到使馆进行会前磋商并交换意见。领导人加上翻译，将这间会客室挤得满满当当。其时还没有空调，室内只有吊扇。4月正是仰光一年中最炎热的季节，温度均在摄氏40度以上，所以中外领导人衣着都比较随便，脱了上衣，只穿衬衫，有的还撸起袖子。使馆为此准备了大量冰镇饮料和毛巾。我则在会客室外担任守卫和联络任务，虽然听不清室内讲些什么话，却见证了这一历史性场面。

出于安全考虑，周总理专机离缅的具体时间是绝对保密的。因为当时在仰光，国民党还有相当势力和影响，他们千方百计想进行破坏。他们有公开社团作掩护，并掌控了一部分华文报纸。那些报纸天天对我们破口大骂并进行挑拨离间，而在缅北边境还盘踞着国民党残余武装力量。周总理的专机一天 24 小时由使馆派年轻同志轮流守护，每班 2 人。使馆领导交代我们说，这是一项政治任务，绝对不能出一点纰漏，绝不准任何人靠近周总理的专机。这番交代顿时使我觉得责任重大，来不得半点疏忽。

停机坪地上铺的全是钢板，经热带烈日的烤晒与反射，闷热难耐，几乎使人透不过气来。即使入夜后，上半夜的暑气依然难消。我们带去两把折叠椅、一箱饮料和一些食品，就坐在专机腹部下方，不停地用扇子驱赶蚊子，隔一会儿两人就从不同方向绕飞机巡视一圈后再汇合。几个缅甸士兵则扛着枪在离专机较远处巡逻。强烈的责任感使我的神经高度紧张而亢奋，一点也不困。时间过得飞快，不知不觉东方地平线就露出了鱼肚白，天亮了。这一夜总算平安无事！

清早，周总理一行就将乘“空中霸王”直飞雅加达。临行前，代表团曾与使馆约定，周总理的飞机一到雅加达就向使馆的电台发出约定信号，表示周总理一行已平安抵达。所以，使馆机要员始终守在电台边，须臾不敢离开。眼看按时间推算周总理的专机该到达雅加达了，可迟迟未收到约定的信号。姚仲明大使十分着急，生怕发生意外。情急之下，他电询国内，才得知飞机在途中突遇雷雨，为确保安全，只得先降落在当时与我国尚未建交的新加坡的樟宜机场，因此延迟了一些时间才到达雅加达。听到这一消息，我心里一块石头总算落了地。

万隆亚非会议成功结束后，周总理又乘专机按原来路线飞回昆明，中间又在仰光逗留一晚。那一夜，我和另一位同志有幸再次为周总理守护专机。我们依然不敢有丝毫懈怠。第二天一早，周总理就登上这架飞机飞往昆明。

回到使馆，思想上没有了负担，精神也松懈了下来，通宵未合眼的我们，顿觉人困马乏，倒头就呼呼睡去。等我醒来，得知周总理一行已平安回到昆明。

当时，仰光有一家对我国不友好的报纸，上面登载的一篇文章是这样评论我们这些为周总理看守飞机的同志的：中国大使馆看守飞机的人员，时刻保持高度警惕，在黑夜中他们的眼睛像“鹰的眼睛一样，目光犀利，炯炯有神”，严密监视着飞机周围的一切动静。从这一评价也可看出使馆人员的恪尽职守。

此后几年内，我在仰光还先后守护过宋庆龄副委员长、叶剑英元帅和郭沫若副委员长等国家领导人外出访问路经仰光的专机。这是那个年代驻缅使馆常有的特殊任务。

佛牙舍利首次赴缅盛况

相传佛祖释迦牟尼圆寂后，曾留下四颗牙齿，其中之一很早传入了中国，辽道宗咸雍七年（1071 年）曾在北京西山灵光寺建塔供奉。清光绪二十六年（1900 年），八国联军侵占北京，该塔被焚毁。后灵光寺僧人整理塔基时，发现贮存在木盒内的佛牙，盒上镌刻着多种文字，称内装释迦牟尼的牙齿舍利子。后来，我国用近 300 公斤黄金为这颗佛牙浇铸了一座佛牙塔，上面镶嵌了上千颗宝石，塔身中央开了一个状似菩提叶的佛龛，内有一个莲花座，黄缎上供奉着一颗呈黄褐色的臼齿。1955 年，中国佛教协会特奉迎佛牙安置于北京广济寺舍利阁。1957 年又在西山原址附近重建佛牙舍利塔，1964 年建成，将佛牙供奉于塔内。据说，目前世界上仅存两颗佛牙舍利，一颗在斯里兰卡，另一颗就在北京西山八大处的灵光寺。

缅甸一度将佛教定为国教，是一个佛教信徒占总人口 80% 以上的国家。佛牙舍利一直是佛教信徒们渴望一睹的圣物、宝物，他们相信，能亲自瞻仰佛牙，乃是人生福分，能得到佛陀的护佑。根据缅甸史籍记载，历史上缅甸曾与暹罗为争夺佛牙舍利而兵戎相见。缅甸蒲甘国王阿奴律陀在公元 1044 年也曾亲自来云南大理的南诏国求迎佛牙，供国内信众瞻仰膜拜，但未能如愿。所以，瞻仰佛牙成为缅甸人 1000 多年来始终未了的夙愿。

1955 年，吴努总理访华时在广济寺瞻仰过佛牙。他曾亲自向我国政府提出要迎佛牙到缅甸供奉。吴努的这一要求，一方面反映了缅甸国内广大佛教徒的真诚愿望，另一方面他也想通过迎佛牙来缅供奉为自己争取佛教徒的选票，因为 1956 年就要举行全国大选。经我国政府同意后，1955 年 10 月，缅方派出以吴登貌大法官为首的缅甸代表团专程来华迎奉，我方则由中国佛教协会会长喜饶嘉措和副会长赵朴初居士率团护送。10 月 15 日，佛牙乘专机抵达仰光。

缅方以前所未有的庄重仪式和规模，并以十分虔诚的心情迎瞻佛牙，这种情景非亲历者是无法想象的。停机坪上铺上了红地毯，缅甸总统、总理和部长等内阁高级官员悉数在专机旁跪迎，双手合十，虔诚磕头；众僧侣高举黄罗伞，演奏佛乐，高僧则诵念佛经。然后，将佛牙塔安放在一辆由卡车专门改装的彩车上，以佛教仪仗队和佛乐队为先导，彩车后有一辆全副武装、车头上架着机枪的军警车殿后，严加保护。整个车队浩浩荡荡向城区进发，接受市民的瞻仰和膜拜。我乘坐使馆汽车跟在这辆彩车之后，亲历了佛牙这次隆重的巡行。护送佛牙的车队从机场大道出发，绕仰光城区的主要街道徐徐前行，以满足广大信徒的瞻仰要求。沿途情景可用倾城而出、万人空巷来形容。街道两旁的人群外三层里三层，但秩序井然。很多人双手合十，焚香颂经，夹道迎奉，争睹佛牙的风采。当时，仰光人口仅 80 多万，据第二天发行的缅甸报纸估计，出门瞻仰佛牙的群众有 40—50 万之多，场面蔚为壮观，令人终生难忘。人们为争睹这千载难睹的佛牙舍利，数小时一直在街边燃香跪迎，祈福保佑，虔诚之心令人感动。最后，佛牙被安放在吴努执政后修建的和平塔内，继续接受万人的膜拜。信徒们日夜排队等候一瞻舍利真容，人山人海，川流不息，盛况空前。由此也可看出缅甸老百姓对佛教的虔信程度。

缅甸的一般老百姓并不富裕，但他们向佛塔和寺院捐款捐物却慷慨大度，从不吝啬，他们认为这样做是积德之举，为来世积善修德。例如，有的穷人中了彩票，往往将奖金的大部分捐给了佛塔，如购买金箔，为佛像贴金、布施等。此

安放佛牙的黄金宝塔

次中国佛牙在缅甸供奉期间，虔诚的信众纷纷捐款捐物，这对缅甸寺院来说也是一笔不小的收入。

就在佛牙还在缅甸供奉期间，吴努总理曾发表了一次公开讲话，大意是，瞻仰佛牙是缅甸人民世代的愿望，为此，历史上缅甸人曾经与邻国兵戎相见，但战争并没有实现缅甸人民的愿望，现在我们用和平的方式实现了这个千年夙愿！佛牙在缅甸一直供奉到 1956 年 6 月，前后长达 8 个月。可是，缅甸人仍觉意犹未尽，所以，此后来北京访问的缅甸大小代表团几乎都要求把去西山瞻仰佛牙列入访问日程，不然就会觉得十分缺憾，由此可见佛牙在缅甸人心目中的地位。佛牙成为促进中缅友好的精神使者，也赢得了缅甸老百姓对中国的好感和信任。佛牙的缅甸之行成为中缅友谊的一段佳话。

这里，我还要讲一下对赵朴初居士的印象。赵朴初居士十分平易近人，由于这次访问时间较长，我与他的接触比较频繁，彼此也比较熟了。一天，程瑞声和我竟然问起赵朴初居士对有神论的看法——显然，这对他有点挑战的意思。可他对我们这样的毛头小伙子毫不介意，且很有耐心。他娓娓道来，给我们讲了一大段话进行开导。我已记不住原话，但中心意思仍记得，那就是“信则有之，不信则无”。赵朴初不愧是一位佛学大家，在听他谈论解释的过程中，我们不仅弄懂了当时缅文翻译中最感头疼的佛教知识和一些专有名词，还学到了很多英语中的佛教词汇，收获很大。我们被他的一席话所折服，不由得对这位知识渊博的居士肃然起敬。

1994 年，应缅方请求，佛牙在相隔近 40 年之后，再度去缅甸供奉。之后，缅方曾将缅甸信众为佛牙捐赠的一部分善款约 10 万美元转捐给了北京西山灵光寺，以供修缮之用。

在曼德勒的一段难忘经历

1954 年末至 1955 年初，我刚 20 岁出头，正值我国农业部副部长刘瑞龙率领的中国农业代表团访缅，代表团先在仰光参观访问，接着去曼德勒（当时我国尚未在曼德勒设总领馆）。代表团到了曼德勒后来电话，要使馆派人送一部中国电影（影片名字已忘）去。于是，使馆文化新闻处领导宫达非通知我第二天早上带上一部电影拷贝从仰光乘飞机送到曼德勒，并说在曼德勒机场缅方会派车来接。当时使馆只给我买了单程机票，并告诉我回程票由缅方负责解决，所以，我身上分文未带。要知道，那个年代使馆人员每月的工资并不直接发到个人手里，每月扣去伙食费和少量零花钱，积余部分均在会计账上，调回国内后才与个人结账，所以，人人身上只有一点零用钱。事后证明，由于当时考虑不周，加之没有经验，这样的安排使我在曼德勒遇到了麻烦。事情是这样的：飞机到曼德勒机场后，我一出机场，确有一声称是缅甸农业部的人开车来接我。他告诉我刘部长正在伊洛瓦底江的游船上，他可把我直接送到船上。于是，我带上影片顺利地坐上他的吉普车，把拷贝送到了游船上。办完事后，一看时间已快到中午，我就乘那辆车去机场，想赶下午的飞机返回仰光。那是我第一次到曼德勒，人生地不熟，汽车七拐八拐，到一个院子前停了下来。那个缅甸官员要我下车并说他不能送我了。这真是出乎我的意料。我对他说，不是说好到机场，你们负责我的回程机票吗？对方说，他没有接到这样的指示，要我自己想办法回仰光。

一听此话，我脑子顿时一片空白，感到特别无助。心想，这里人生地不熟，自己又身无分文，这下子完了，怎么回去？但我马上让自己冷静下来，心想，现在要是遇上一位华侨就好了，他肯定会帮忙解决。说来也奇怪，突然，我脑子里闪过一位曼德勒华侨侨领的缅文名字，那是我在使馆的一个场合偶然听到的，大体的读音是“U Thee Ba”，当时觉得怪怪的，就留下了印象。要知道，我与他本人从未见过面。急中生智大概就是指这种情况吧！我丝毫没有把握，只好抱着试一试的心理，叫住了从身旁经过的一辆三轮车，告诉车夫那个侨领的缅文名字，告诉他我要去他家，问他是否认识。不曾想，车夫还真知道这位侨领的家。三轮车蹬了将近半小时，终于把我送到了那位侨领的家。我心里一块石头总算落了地。那位侨领原来是一位年近七旬的老人，华文名字叫苏知觉，做山货生意的，并经营一个门店。他一听我的自我介绍，根本没有再进一步问什么，立即非常热情地替我付了车费，接着又让其儿子开车去买了当天下午回仰光的机票。主人又让我用他家的电话告诉使馆我的情况和回仰光的时间。到这会儿，我才最终放下了那颗焦虑不安的心。那位侨领还特地从饭店叫了一大桌菜，热情地款待我。当时，我不知道怎样感谢这位苏老先生才好。他使我这个身在异国他乡的人真切地感受到了爱国华侨的亲情，一下子如同回到了家里，见到了亲人。如果当时不是想到了苏老先生，如果他对我撒手不管，我也许会遇到更多麻烦。现在想来，既感到后怕，又暗暗为自己庆幸。

这次刻骨铭心的经历使我深深体会到了华侨的爱国之情以及祖国在他们心中的分量。他们把代表新中国的使馆人员视为祖国的亲人，他们的爱国心是真诚的、具体的、看得见摸得着的。这种感情，只有身处国外才能真切体会得到。记得我刚到使馆不久，曾经有机会与使馆的其他同志去外地访问过一些华侨，当时新中国成立不久，华侨的热情真是令人难忘。他们打着“欢迎祖国亲人”的横幅，敲锣打鼓，夹道欢迎。年轻一些的更是把我们团团围住，纷纷要我们签名留念，气氛真是让人为之动容！因为他们觉得中国人民真正站起来了，可以扬眉吐气了，新中国是他们的靠山，他们再也不是海外孤儿了。

20 世纪 60 年代，我第二次去驻缅甸使馆期间，在某一场合偶然遇到那位曾救我于危难之中的老侨领苏知觉的儿子。我提到当年他父亲帮我解困的事，他告诉我，他父亲已经去世多年了。听后，我不胜唏嘘。

最近，拙文在云南大学缅甸研究院主编、五洲传播出版社出版的《中国和缅甸的故事》一书中发表后，缅华网加以转载。曼德勒的华界朋友看到文章后与我电话联系，才得知他们与那位苏老先生的后人早已失去联系，但苏老先生的一个女儿加入了缅籍，成为曼德勒市缅中友协的领导之一，从事促进缅中友谊的活动。这真是中缅胞波情谊又一段生动而具体的佳话！

《中缅民用航空协定》背后的博弈

《中缅民用航空协定》是 1955 年 11 月签订的，他是我国与“不同社会制度国家”签订的第一个民用航空协定。

新中国成立后，以美国为首的西方国家对我国采取敌视、禁运和包围的政策。为此，美国还拼凑了一个专门针对我国的侵略性集团——东南亚条约组织（SEATO），我国周边的巴基斯坦、泰国和菲律宾等国，当时都是该条约的成员国。缅甸恰恰是这个包围圈中的一个缺口。1954 年，吴努总理访问美国时，时任美国国务卿的杜勒斯也竭力想拉拢缅甸参加这个针对我国的侵略性集团，但以失败告终。

新中国成立初期，我国推行向苏联“一边倒”的政策，即倒向以苏联为首的社会主义国家阵营。我国通往外部世界的空中航线屈指可数，北边有飞往莫斯科这一条，称为“北线”，南边就是从香港出发的另一条，称为“南线”。

1955 年 4 月，我国包租的印度“克什米尔公主”号飞机在香港启德机场被国民党特务安放定时炸弹，在南海坠毁，

1956 年，在仰光机场与中国民航机组人员合影，左一为作者。

震惊中外。这样，这条南线也就变得不安全可靠了。而我国与苏联的关系，在斯大林 1953 年 3 月逝世后也渐渐出现裂痕。中央随即想要找一条新的比较安全的对外通道。这样，对外一贯奉行中立不结盟政策的西南近邻缅甸就成为首选。

所以，1955 年 4 月“克什米尔公主”号坠机事件发生后不久，空军政委吴法宪 6 月就奉命来到仰光，与缅方开始谈判中缅民航协定，想开辟一条经我国昆明到仰光的航线。

学了不到 3 年缅语的程瑞声担任谈判翻译。这次谈判时间拖得很长，一谈就是数月之久。原因是不言而喻的，当时有不少西方国家的航班在仰光经停，缅方人员来华，一般经香港转，所以对于缅方而言，中缅这条航线并非不可或缺。而对我方而言，如果开通，则中方就多了一条走向世界的通道。再说，缅甸本国也没有飞远程的飞机，有的还是二战时期的美式达科他型小飞机，仅供国内航线用。我国当时也只有苏式伊尔 14 型飞机，从北京经昆明到仰光，中途也还须多处经停。从北京清早出发，下午才能到达仰光。

谈判一直拖到那年 11 月，双方才最终达成协议，正式签订了协定。1956 年 4 月，我国民航飞机正式首飞仰光。从此，我国又多了一条通往国外的空中航线。

这份协定采用了中缅文两种文字的文本，是具有同等法律效力的第一份法律文件，所以程瑞声和我对协定的缅文文本反复认真进行校对和核对，生怕其中有不妥。毕竟，这是我们学习缅文以来遇到的第一份法律文件，深感肩头责任重大。

弹指一挥间，距离开通中缅空中航线已过去 60 多年了。这条航线在 20 世纪 80 年代前的 30 多年内，长期处于客源不足、经营亏本的状态。但即便如此，航班从未中断，每周最少维持一趟。虽然亏损是必然的，但我国始终扛着，因为这是国家的战略需要，他始终是我国通向外部世界的一条重要通道。由此可见，缅甸对我国战略地位的重要性。

在 50 年代末，我国的许多国家领导人出访东南亚各国乃至非洲国家，一度走过这条航线，仰光成为了中转站。如宋庆龄副委员长、叶剑英元帅等出访，都曾在仰光停留过。有一段时间，由于出国人员来往频繁，在仰光茵雅路还专门设立了接待我国人员中转住宿的招待所，我国的来往人员络绎不绝，使馆迎来送往的任务也很繁重。记得 20 世纪 60 年代，为印尼苏加诺总统治病、以我国泌尿专家吴阶平为首的医学专家团就曾下榻在这个招待所。中缅航线打破了敌对国家对我国的封锁，这是中缅友好关系中一段不应忘记的历史！

轰动缅甸朝野的访问

1955年11月《中缅民用航空协定》正式签订后不久，1956年1月2日，我国第一位重量级国家领导人乘坐我国民航专机抵缅访问，她就是我国人大常务委员会副委员长宋庆龄女士。这次访问是吴努总理主动提出邀请的。这也是新中国成立后，宋庆龄作为国家领导人第一次出访外国。随同宋副委员长出访的有廖承志和陈翰笙等。

谈到这次出访的起因背景，不能不提到孙中山先生在缅甸人民中的巨大威望和深远影响。孙中山先生早年为进行反帝反封建的民主革命，在国内外奔走呼号时，就获得了当时为缅甸争取独立运动的先驱吴欧德玛法师的遥相呼应和支持。

20世纪20年代初，这位抗击英国殖民主义者的英雄曾专程到日本结识了孙中山先生，两人交换了看法，双方谈得十分投缘。从此，他与孙中山先生结下了深厚的革命情谊。

1925年孙中山先生病逝，吴欧德玛法师又专程来到中国，代表争取缅甸独立运动的组织缅甸佛教团体总会，参加了在广州举行的孙中山先生的葬礼。1937年，孙中山先生的《三民主义》一书在缅甸被译成缅文正式出版。

1939年，这位可敬可爱的缅甸英雄吴欧德玛法师遭英国殖民主义者迫害，死于监狱。缅甸人民为永远纪念这位独立运动的先驱，在摆脱英国殖民统治独立后，在首都仰光修建了一座吴欧德玛全身雕像。他成为缅甸人民争取民族独立运动的象征，同时也是首都仰光的标志性建筑。

缅甸朝野把孙中山先生视为争取民族独立和民主革命的先驱，特别是被缅甸人民誉为“缅甸国父”的昂山将军，生

前排左起杜钦芝（昂山夫人）、杜妙意（吴努夫人）、宋庆龄、姚仲明

前也非常崇敬孙中山先生。因此，宋副委员长作为孙夫人，在缅甸朝野和人民中享有崇高的威望，人们都想一睹这位伟大女性的风采。

那时，在缅甸的国民党势力不愿看到她到访，竭力想破坏这次访问。国民党及其控制下的当地《自由报》十分嚣张，报道说，宋副委员长是被中共“胁迫的”，甚至扬言要进行“绑架”。当地情报部门也获悉，他们企图在宋副委员长访缅期间实施绑架。

为此，缅甸政府事先采取了一些防范措施，在宋副委员长访问前，对当地一些国民党头面人物，进行“预防性拘留”。爱国华侨团体闻讯后，在宋副委员长抵达仰光的当天，从机场到总统府的 10 多公里道路两旁，动员上万爱国侨胞组成人墙，进行严密保护。

宋副委员长在仰光访问期间，缅方安排她下榻缅甸总统府，这是极高的礼遇。但总统府设施老旧，卫生间与卧室不相连，生活不方便。所以中央事先决定，在驻缅使馆为宋副委员长提供一处歇息的地方，以保证她得到充分休息。

为此，早在宋副委员长到访前几个月，国内就派专人来传达布置装修的要求，并立即动工将使馆总部主楼一层西侧的会客室和宴会厅打通，按照宋副委员长的喜好重新进行改造装修，形成一个大套间，分割成起居室、卧室和卫生间。墙壁、卧具和卫生洁具以及窗帘等均改用她钟爱的鹅黄色。装修完工之后国内又派专人进行了安检。

当时我和另一名同志被指定 24 小时轮班做宋副委员长的内卫。在大厅里来回巡逻值班，保证安全和周围环境的绝对安静。

这次访问最具有轰动效应和出彩之处，是在吴努总理主持的缅甸执政党自由同盟举行的欢迎大会上，宋副委员长发表了英文主旨讲演。会场就设在仰光市中心的市政厅。这篇讲稿是宋副委员长亲自用英文撰写的，题为“为和平而奋斗的中国和缅甸”。

缅甸国家广播台破例做了全程开放式实况转播，在市政厅大楼屋顶多个方向安装了扩音器，她的声音通过扩音器传到四面八方、大街小巷，回荡在仰光的上空。这样的安排是前所未有的。

至今我还记得她讲演的第一句话是：“Burma is a beautiful tropical country…”。那时，宋庆龄副委员长已年逾六旬，声音却显得非常年轻，又如此婉转，甜美动人且富有感染力，以致吸引了马路上无数行人驻足聆听。这一讲演在缅甸人民中引起的好评如潮。缅甸英、缅文报纸第二天均在显著版面全文刊登了这一讲话。该讲话的中文稿则是使馆的三秘何卓云翻译后，直接发往北京新华社的（当时仰光还没有新华社记者）。讲话的缅文稿则是程瑞声和我翻译的。

许多见过宋副委员长的缅甸朋友，都被宋副委员长的风度和气质所折服。吴努则处处将宋副委员长尊为长辈，以晚辈自居。昂山将军的遗孀杜钦芝夫人全程陪同。

宋副委员长回国前，在使馆院内举行了告别招待会，院内的热带树木和绿篱上挂满了五彩缤纷的灯泡，烘托出浓浓的节日气氛，我有幸在该招待会上为宋副委员长与缅甸和平大会主席德钦哥多迈老先生（他不会英语）的谈话当翻译，宋副委员长的上海官话给我留下了深刻印象。

这里联想起陪同宋副委员长一起访缅的廖承志同志的一点趣事。廖承志称姚仲明大使“小姚”，姚大使也欣然接受。

那时正是缅甸榴莲大量上市的时节。榴莲被誉为“热带水果之王”，但不喜欢它的人认为它有臭气，而爱吃的人则认为它香甜可口。廖承志提出想吃榴莲，姚仲明说，要吃榴莲没有问题，但必须去车库享用，并告知车库离使馆办公楼还有一段路。车库靠近厨房，是石棉瓦做的屋顶，房子低矮，没有空调，白天很闷热，条件很差。为了享用榴莲，廖承志欣然接受这一条件。

榴莲买来后，廖承志果然很高兴，直奔车库而去。见到我，先刮了一下我的鼻子，做个鬼脸说：“小鬼！人生不吃榴莲，是一大憾事，到了热带国家不吃榴莲，更是一大憾事！”

从此以后，廖承志每次到仰光，只要有榴莲，从没有错过享用的机会。我在驻缅使馆也多次见到他，一见到我，他总还会说："小鬼，又见到你！"然后，做个鬼脸，表示又有榴莲可吃了。只要有榴莲，使馆就会给他买，他也信守诺言，都自觉到车库去享用。此后使馆内有好这一口的同志都自觉去车库，这形成了一个惯例。

廖承志同志是党中央委员，国务院外办主任，后来担任国家副主席。他为人没有架子，性格活泼，说话风趣，让人倍感亲切。

在使馆发送书刊

1952年，我才19岁，正在驻缅使馆文化新闻处工作。当时的文化新闻处还兼管商务，领导是参赞孟英，还有一位一秘宫达非，两位三秘，加上程瑞声和我。程瑞声主管《今日中国》的编辑工作，我管书刊发送和电影放映，从1952年8月至1956年5月，这项工作我干了将近4年。

这是一项头绪较多、涉及多部门的工作。书刊发送工作具体有：打印和更新英、缅文读者名单；管理书库；寄送书刊；处理和翻译读者来信；接待读者上门索要书刊；跑印刷厂和邮局等。

建馆之初，使馆发书的读者名单，是由越南驻缅文化新闻代表处提供的（胡志明领导的印度支那共产党在我国与缅甸1950年6月建交前，即与缅甸自由同盟建立了党际关系），在此基础上逐步发展扩大。读者名单最多时达400—500人。发书名单要根据具体情况不断更新。最初，要把缅文地址译成英文后打在蜡纸上，再用Gestner滚筒油印机印出来。这

1954 年，在仰光举行的中国工艺美术展览会留影（左前一为作者）。

是一项经常性的工作。后来，我学会英、缅文两种打字机打字后，读者名单就有英、缅文两种文字了。

需要发送的书刊，除使馆的英、缅文《今日中国》外，主要是国内外文局寄来的各种英文书刊，如《人民画报》《中国建设》《北京评论》和《中国文学》等杂志刊物。

说到驻缅使馆编辑出版的月刊《今日中国》，刚建馆时只有英文版，我们学了 1 年多缅文后，使馆就开始出版发行缅文版《今日中国》。具体的编辑工作主要由程瑞声负责，我参与校对并负责送印和邮寄。

该刊物当时比较粗放，黑白版，16 开本大小，由爱国华侨徐三民在仰光五十尺路开办的一家小印刷厂负责印刷。这家印刷厂门脸很小，沿街的前厅里放置有四台脚踏电动印刷机、一台制版机，这些器具已把前厅挤得满满当当；厅后一

与华中同学为展览会做翻译（右二为作者）

小间为手工排字间和一台装订机。这里灯光昏暗，设备比较简陋，但却十分可靠，从未发生过因印刷脱期的事。

使馆每天会收到一大摞读者来信，有英文也有缅文的，我都要一一阅读。大多数内容比较简单，但也有长篇大论的，还有提出进一步要求的，如写明想要的书名等，这些使馆都会尽量满足。有的读者还会写一大篇读后感或对新中国的赞扬之词，也有抱怨收不到书的情况等等，甚至还有一些信是从缅共解放区寄来的，内容更是热情洋溢。这些信件我都会译出供领导参阅，但从未收到过对我国不友好的信件。

要为数百本书刊杂志包装和贴地址标签，工作量很大。每次都是全处同志齐上阵，工勤人员也被动员来帮忙。这样的工作，差不多每月至少一次。使馆有辆美式军用吉普车，司机老曲每次都拉一车书，我乘他的车去离仰光码头不远的仰光邮政总局办理寄发手续。

接待读者是件很有意义的工作。要书的读者并不进大楼的正式会客室，小会客室是设在传达室对门的小屋，这是接待读者的专用地方，有沙发和茶几，并备有茶水。传达室的华侨雇员打来电话，我就出去接待。他们有的讲缅语，有的则讲英语。与形形色色的缅甸人打交道，使我受益匪浅。有的读者是常客，差不多每个月都会登门来访，与我海阔天空地聊一通，这一工作对提高我的英、缅口语水平也很有帮助。

在接待读者的过程中，我发现来索要图书的均为男性，从未见女性，但读者来信中却不乏女性。接待读者将近4年的过程中，发生过两件让我至今记忆犹新的事。一次，一位“读者”自称，来自缅共解放区，并自称是缅共党员。显然他有与我套近乎的意图，我则装作没有听见，不接他的话茬，只问他喜欢什么书，具体要哪种书，把话题岔开。另一次，有位“读者”作慌张状，声称身后有特务盯梢、尾随云云。我一概不予理会，只谈要书的事。于是他也就不再纠缠。

这也说明驻在国的政治情况复杂，同时也可能是驻在国“萨东弄”（缅语音，意为侦调局）对我国还有疑虑，有意派人来进行刺探，唯恐使馆与缅共暗中有勾联。当时，缅共根据地离首都仰光并不太远，政府当局的防范是可以理解的。

在驻缅使馆对外发送书刊是我人生的第一份工作，这4年，无论对提高我的英、缅文，还是增强我的办事和处世能力，都是个极好的锻炼，这段经历让我一辈子受益匪浅。

为仰光居民放电影

在音像资料已非常丰富的今天，中国驻外使馆估计不会再有像建国初期那样派人到当地老百姓居住地去放电影的事。20 世纪 50 年代，仰光的电影院不多，而且影院中放映的多数是印度电影、美英原版电影以及缅甸自己拍摄的为数不多的故事片。缅甸老百姓迫切想看新中国的电影，所以不时给使馆写信或打电话，甚至登门要求为他们放映中国电影。驻缅使馆正是顺应缅甸老百姓渴望了解新中国以及观看新中国电影的热情，开展了为仰光居民放映电影的工作。

当时，缅甸政府有规定，凡是外国电影，必须送缅甸政府宣传部的电影审查委员会审查，经批准后，才能在公共场合放映。经批准放映的电影，审查委员会会在片头打上批准的执照。我印象中，缅甸政府对我们送审的电影都是放行的，这是因为我们送审的电影都是事先经过精心挑选的。

给仰光居民放映电影，地点都在仰光郊区，时间一般是晚上七八点钟。当时，文化新闻处指定我和华侨雇员司机叶景荣负责。老叶是当地华侨，对仰光熟悉又会缅语。我的主要任务是为电影作翻译并收集观众的反应。使馆为我们专门配备了一辆带拖斗车的吉普车，车上有放映机，拖车上带一台汽油发电机——因为当时仰光的电力供应不足，郊区基本不通电，所以必须自带发电机为电影放映机供电。

我们每次到达放映地点，均受到热烈的欢迎。人们早早在空地上摆好凳子，特别是小孩子，更是兴高采烈，犹如迎来了一个欢庆的节日。毕竟，当时一般缅甸老百姓文化生活比较贫乏，所以很欢迎我们去给他们免费放电影。年轻人会立即帮我们支银幕布、架放映机、拉电线。当时放映的影片主要有《白毛女》《鸡毛信》《翠岗红旗》《渡江侦察记》《梁山伯与祝英台》，以及纪录片《淮海战役》等。最初，影片都是35毫米的，用大放映机放，吉普车上容不下两台机器，只能带一台。每放完一盘胶片，不得不中断放映换胶片，但观众总是耐心等待。后来有了16毫米的影片，中断放映的事就大大减少了。

在我的记忆中，缅甸老百姓对《鸡毛信》这部电影十分喜爱，他们对影片中海娃急中生智，将鸡毛信藏在绵羊尾巴后瞒过敌人送达游击队的情节津津乐道。而《淮海战役》中宏大的战争场面常会使观众激动起来，他们嘴里不时喊“打得好！打得好！”最后看到敌人举手投降时，他们会热烈鼓掌。观众在观看我国第一部彩色故事影片《梁山伯与祝英台》时，随着影片的情节，喜怒哀乐的情绪溢于言表。这部影片在现场赚取了不少缅甸妇女的眼泪，她们连连说：“太可怜了！太可怜了！”

通过为缅甸老百姓放映电影，为电影作同声传译，我的缅语口译水平得到了快速提高。1956年9月我调回国内，此后不知由哪位同志接替我做这件事。当我1960年5月再度去驻缅使馆工作时，由于种种原因，使馆已不再继续为缅甸老百姓放映电影了。不过，每当我想起这段有趣的经历，依然觉得十分有意义。

“红华”和“白华”之争

“红华”和“白华”是缅甸人划分当地华侨华人政治倾向的一种简单通俗的说法，前者指倾向新中国，后者指倾向台湾地区。

中缅建交初期，中缅边界佧瓦山一段，俗称“1941 年线”以西地区，也即掸邦地区，盘踞着被我国解放军赶出大陆的国民党残军。美国暗中派飞机向他们空投武器和装备。在美国的支援下，他们的装备比缅甸政府军还好。缅甸政府军先是忙于打内战，无暇顾及；后来与国民党残军打过一仗，败在他们手下，更是鞭长莫及。所以长期以来，缅甸境内的国民党残军成为美国牵制、围堵我国战略中一枚重要的棋子。

20 世纪 50 年代，在仰光闹市区一些地段的沿街房屋前，明目张胆地挂着“某某地区中国国民党支部”的牌子。仰光有条“广东大街”，两旁有些店铺内就公然挂着青天白日旗，只要不公然挂在大街上，我们也不便向缅方进行交涉。但我们心里有数，不会冒冒失失闯进去。

当地还有几份倾向台湾地区的报纸，为首者《自由报》几乎天天骂人，骂我们是“共匪”。有时还公然给使馆人员投递策反信，要我们“弃暗投明，投奔自由”，气焰十分嚣张。

1 月 4 日是缅甸的独立节（即国庆节）。那个年代，每年独立节缅甸政府都会在卑谬路举行群众庆祝游行，在路西搭建观礼台，邀请外国驻缅使节观礼。有时国民党的人混杂在游行队伍里，浑水摸鱼，通过检阅台时突然打出青天白日旗，表明其“存在感”。应邀观礼的姚仲明大使见此情形会当场向缅方提出抗议并立即退场。据我回忆，这种退场事件发生过数起。60年代以后，缅甸官方取消了1月4日的群众游行，这样的事也就自然消失了。

不过，每到10月又成为“多事之秋”。10月1日和10月10日这两个日子挨得很近，“红华”和“白华”往往会发生冲突，有时甚至酿成流血冲突。使馆每到“双十”，总要派人到华人聚居区察看有无挂青天白日旗或标语横幅的情况，如发现有，使馆会与缅方交涉，要他们立即制止。

吴努政府一贯采取被动应付的措施，我们抗议了，就去制止一下，有时甚至采取睁一眼闭一眼的做法。

1958年奈温将军担任看守政府总理后，正式宣布取缔在缅甸的国民党组织，从此再也看不到明目张胆地挂国民党的标识了。

1962年3月，奈温将军发动军事政变，推翻吴努政府，宣布缅甸走社会主义道路，搞国有化。从此，缅甸禁止一切私营报刊发行，华文报纸也在被禁之列。亲台的《自由报》和爱国的《人民报》《新仰光报》等，均被禁止出版。当地的华文学校随即也被关闭，似乎“红华”与“白华”之争就此销声匿迹了。

其实，每到“双十节”仍时有挂青天白日旗的，使馆一发现，还得向缅方交涉。20世纪80年代后，随着两岸关系趋于缓和，缅甸华侨华人界这两股力量尽管依然泾渭分明，但关系已不像过去那样紧绷了。看来，只要台湾问题一天不彻底解决，国家不统一，这样的问题就会一直存在下去。

在使馆入党

1955年5月，我在驻缅使馆入党，我也是驻缅使馆建馆后吸收的第一名党员。回想起来，当时入党的条件可谓严格，有些做法也同现今不尽相同。当时，除按党章规定要求入党申请人向党组织提交入党申请书外，使馆党组织又加了一条：申请人要先经党外群众公开推荐认可。

具体做法是，让申请人首先向党外同志介绍自己的情况和优缺点，并征求大家的意见。大家对申请人提出意见和批评，认可后才能拿到党支部大会上讨论通过。

徐毅民副武官当时是使馆党支部副书记，是我入党的主要介绍人（另一位介绍人是宫达非）。现在已记不清我的入党申请书究竟写了多少稿，反正不是一、二稿。起初，我认为自己的家庭出身虽不是工人、贫下中农，但也不是剥削阶级，而是职员。解放前我家境贫穷，自认为家庭对自己的思想影响基本是正面的。例如，我小时候，妈妈常对二哥和我说："父亲早死，没有给你们传下什么，只给你们传下每人十个指头，你们要好好读书，靠自己的本事养活自己。"妈妈的这句话我一直牢记在心，认为很对。可我这种认识却遭到徐毅民的彻底否定。他认为这是"万般皆下品，唯有读书高"的剥削阶级思想，要我深挖阶级根源、社会根源和思想根源，否定自己的家庭影响并与之划清思想界限。为此，徐毅民还利用回国开会的机会，亲自到上海找我大哥了解情况，当时入党就是如此慎重！

徐毅民帮助我分析家庭情况，认为我的父亲虽然是一家轮船公司的经理，但严家却是个大家族，祖上曾经是地主，

使馆青年团员在使馆院内合影，后右一为作者。

有祠堂，有祭田出租（每7年轮一次，田租用于修缮祠堂）。所以他认为我的家庭带有一种破落地主思想，其特点是必然会为了摆脱这种没落地位而产生“向上爬”的思想。从旧社会过来的人总是带有这样那样不良的“烙印”。当时我认为徐毅民分析得有道理，就按他的思路写了入党申请书。

我觉得自己应该接受思想改造，转变世界观，树立无产阶级人生观。而这种所谓“向上爬”的思想，则成为我历次政治运动的思想检查中都要着重自我解剖批判的主要“错误”。他竟如影随形，成了我多年甩不掉的“错误思想”。

当时在使馆入党，不找出点旧社会或家庭带给自己的不良影响，似乎就显不出一种纠正了“错误”的进步，一种“思想上的飞跃”以及与旧家庭的“彻底决裂”乃至“脱胎换骨”。联系到使馆初期的外出必须“两人同行”等一些制度的规定，反映出使馆初期在这个问题上的做法是十分慎重的。

不过，从此以后，“向上爬”的说法，就像一顶飘在空中落不到头上的“帽子”，伴随了我政治生活的大半辈子。

聪明绝顶的缅甸乌鸦

有人说，缅甸有“三多”:和尚多，佛塔寺院多，乌鸦多。还有人就此分析说，缅甸乌鸦之所以多，原因是和尚不杀生，还常把吃剩的斋饭留给乌鸦，它们不缺吃的，自然也就多起来了。这种说法可靠与否无从考证。20 世纪 50 年代，我刚到驻缅使馆工作学习不久，有同事就告诉我缅甸的乌鸦不一般，很厉害，厨房和食堂的门窗一定要关好，不然乌鸦就会乘机飞进去叼走吃的，稍有不慎，砧板上的肉就会不翼而飞。不过，说起缅甸乌鸦的聪明和厉害，还是被我此后的一次亲身经历证实了。

一天清晨，我正在院内专注地朗读缅语，忽然听到有什么活物在地上扑棱。跑过去一瞧，原来草丛中有一只羽毛未丰的小乌鸦，不会飞，只会拍打翅膀。我童心大发，就打算动手逮，哪知那小家伙扑棱着翅膀，边叫边逃。说时迟，那时快，不知从哪里飞来一大群乌鸦，“呱！呱！呱！”大声鼓噪着，来势汹汹，而且有愈聚愈多之势。头顶上已是黑压压的一片,其中有两只（估计是亲鸟）居然不顾一切地俯冲下来，想用它们尖尖的喙啄人，拼死阻止我去抓小乌鸦（童年时我在老家也掏过乌鸦窝，亲鸟看到人接近就飞走了，从来不敢如此肆无忌惮)。这是我从来没有见过的阵势，只好去搬“援军”。我把同事程瑞声叫来，让他找了把竹扫帚在我头上划拉着吓唬大乌鸦，我则乘势成功逮走那只小乌鸦回到房间，并多少有点得意洋洋。我在心里说：“小家伙，别害怕，我不会亏待你的，会把你养大的。”确实，我当时很想重温幼年的玩儿经。我把小家伙轻轻放进纸盒,并弄了些吃的,想把它养大。我小时候在老家养过鸟,如白鹭、麻雀等,都很成功。有一次，我在树下捡到一只小白鹭，可怜兮兮的。我每天从草地上抓了小青蛙喂它。养大后，它与我关系十分亲密，居然把我当作它的父母,与我寸步不离。不过,这一次我在缅甸却失败了，因为小家伙死活不肯进食，没过几天就饿死了。我很是惋惜，但也无可奈何。

此后，有一天清早，我仍习惯性地在院子里边走边朗读缅文单词，突然感到头顶被鸟啄了一下，顿时眼冒金星，疼痛难忍。抬头一望，竟是两只气势汹汹、呱呱乱叫的乌鸦。我立刻意识到这是那只已死去的小乌鸦的亲鸟，他们来对我进行报复了。这说明，它们对人有惊人的记忆和辨认能力。再抬头一看，又有好多乌鸦在我头顶盘旋，嘴里呱呱乱叫着助威，大有兴师问罪之势，其中有两只则伺机俯冲下来想故伎重演，不过，见我用手轰，它们也不敢轻举妄动。此后一段时间，我每次在院子里活动，总要下意识地观察一下有无乌鸦在天空窥视。

从此，我领教了缅甸乌鸦的厉害，再也不敢去招惹它们。这是发生在我住武官处时的事。谁料想，我移居使馆 1 号院后，竟再次遭遇了“乌鸦事件”:因每日清晨被乌鸦叫声吵醒，馆内一些年轻人不胜其烦，就想用更严厉的办法去吓唬它们，以达到最终赶走它们的目的。于是，这次他们先逮着一只小乌鸦，并将其用细绳栓挂在树梢示众。哪知小乌鸦的求救声很快招来天空中大群乌鸦鼓噪着飞来，向人们示威。其中，有的竟俯冲下来企图营救那只被困的小乌鸦，有的则停在树上呱呱声援。被乌鸦吵烦了的那些年轻人实在想不出什么好办法，最后竟然想到拿出小口径步枪瞄准来吓唬它们。当然，枪内是不装子弹的。没承想，缅甸乌鸦居然完全明白枪是怎么一回事：只要人举枪瞄准，它就逃之夭夭，否则它认为对它没有危险，就大胆向你示威。此后一段时间，只要我们这些年轻人一到院子里，成群的乌鸦还是会飞来鼓噪并伺机进行攻击，显然，它们已记住了我们的行为特征。拿枪吓唬达不到目的，还可能会产生不良影响，并非良策。此后，大家觉得乌鸦记性好，又有报复性，还是忍耐忍耐，不要招惹它们算了。后来的事实证明，不去理会它们一段时间后，尽管清早乌鸦依然吵闹扰人，但比起招惹它们反倒好些，渐渐地大家习惯了，也就相安无事了。

20 世纪 60 年代奈温上台后，也曾在缅甸国内掀起了一阵“除乌鸦”运动，当地报刊上大肆宣传，登载捣毁乌鸦窝、弄死乌鸦的大幅照片，以示支持和拥护。结果，也是治而不绝，不了了之。这大概就是自然界适者生存的道理吧？

第三章　调回外交部

1956 年 5 月，我从驻缅使馆调回外交部亚洲司缅甸科工作，当时司长是章文晋，缅甸科长是裴建章。干部司为我定了干部系列中最低一级，行政 22 级，办事员，每月薪金 56 元，是当时缅甸科级别最低的一员。

当时，我是部里唯一的缅语翻译，从此开启了中央和外交部与缅方打交道均用缅语翻译的年代。缅甸科也从此开始订阅缅文报刊，周总理特别强调这样做是尊重别国的民族文化。所以无论是外交交涉，还是会见谈话或讲话稿，上到党和国家领导人，下至部长、司长和科长，会见缅甸外交人员和外宾，都由我做口译。加上中缅关系那时正处于大发展的时期，国家领导人互访多，人员来往也多，使用缅语的机会自然多。

在外交部缅甸科工作这 4 年，我还有一个收获，就是通过起草电报、形势调研报告、领导人出访方案、领导人讲话稿和外交文书等工作，写作能力有了较大提高。因此，我后来常被领导抽调去做领导人会谈记录和政治运动的资料整理等要求出手快的工作。

既是掌舵者，又是摇橹人

有件事得从 1955 年 11 月说起。当时在中缅边界南段“未定界”佧瓦山黄果园地区（在“1941 年线”以西地区），中缅两国军队因大雾造成误会，发生了武装冲突，双方均有伤亡。缅方向我方提出了正式抗议，抗议我军越入缅境。接着缅方领导人轮番写信给周总理，要求及早解决中缅边界问题。缅甸报纸大量报道此事，一些反动报纸，如英文《民族报》添油加醋，大肆渲染。西方报纸乘机煽动、污蔑我国对缅甸有领土野心。以美国为首的东南亚条约组织国家甚至还针对此次武装冲突，专门进行了联合军事演习声援缅甸，向我国施压。

当时我还在驻缅使馆工作，那天上午我在使馆传达室值班。忽然接到一个英语电话，对方问，听说中国军队越入了缅境，要我证实。没有什么经验的我就在电话上对他说，电话不要挂断，我请有关官员给他答复。可等我报告领导，再派有关同志来接听电话时，对方已故意把电话挂断。当时电话还没有回拨功能，无法确定哪里来的电话。

第二天一早，看到《民族报》上的消息，才清楚昨天正是这份亲美英文报纸打来的电话。他们编发了一条造谣污蔑的假消息，胡说中国军队已越入缅境，并已得到中国驻缅使馆官员的证实云云。这对我而言是一次深刻教训。

1956 年 5 月，我从驻缅使馆调回外交部亚洲司工作。回到部里，我才看到了周总理的内部指示。周总理指示要立即控制事态进一步复杂化，同时又指示外交部亚洲司尽快查阅中缅勘界历史文件和有关资料，并提出解决中缅边界问题的应对建议，为中缅边界问题谈判做准备。事到这时，周总理才发现，原来外交部亚洲司并不掌握中缅边界勘界的历史文件档案。追问之下，得知这批档案文件，原来一直由云南省外事处保管。

当时时间紧迫，离吴努 10 月底访华谈判中缅边界问题只有几个月了。周总理得知后立即下令，要云南省外事处尽快将这批有关中缅边界划界的协定、勘界的文件和地图统统空运到北京，并说他要亲自阅读，亲自抓中缅边界问题。不久，两大木箱文件运到外交部，外交部马上派人送达总理办公室。

按工作职责，中缅边界的历史文献资料，应由外交部有关地区司保管，可当时亚洲司只有主管缅甸日常事务的缅甸科，根本没有主管边界问题的专门机构，边界问题完全处于无人管的状态，当然也就谈不上对该问题的解决并提出具体应对方案了。

当时，司领导同志因为未能掌握中缅边界问题的历史文件，无法提出解决方案，而让日理万机的周总理亲自阅读大量文件和地图，感到十分自责和惭愧。此后，外交部有关地区司均设立了专门主管边界问题的机构。亚洲司也成立了边界科，还从云南省外事处调来了熟悉情况的同志专门管中缅边界问题。

周总理亲自阅读了这两大木箱的历史文件。从事后退回的这些文件材料看，周总理在上面都仔细做了圈点，这不知耗费了他多少个宝贵的日日夜夜。此外，周总理还不辞辛苦，当面咨询了参与过当年勘界的民国时期的一些老人，如寓居昆明的尹明德等人；还亲自找地处“1941 年线”的我国班洪和班老部落的两位胡姓佤族头人谈话做工作。

周总理仔细阅读了这些历史文件后，亲自向中央提出了最终解决中缅边界问题的基本原则和具体方案，并经中央批准同意。

这个具体方案是：中缅两国的边防军从冲突地区各自后

撤 20 公里，脱离接触；中方从“1941 年线”以西地区撤出，缅方从片马、古浪、岗房三地撤出，双方的撤军工作应于 1956 年底前完成；用历史上“租借”给英国殖民当局的勐卯三角地，换取位于“1941 年线”以西的班洪、班老部落的部分辖区。

这个方案中最关键的一点，是我们基本接受了称之为佧瓦山区这段边界的“1941 年线”。20 世纪 50 年代初，解放军解放云南省，在追剿国民党残余部队时，在部分地区越过了“1941 年线”并在那里长期驻守。这条边界线，最初民国政府并不接受，但后来英国政府以关闭滇缅公路这条抗日战争时期唯一通往外部世界的生命线作为要挟，民国政府才被迫在 1941 年 6 月 18 日，与英国政府以换文形式划定了一条将班洪和班老部落的一部分辖区划入英殖民政府领土的线，这就是俗称的“1941 年线”。后因太平洋战争爆发，这里还未来得及树立界桩。

吴努就是在这种情况下，于 1956 年 10 月底，以执政的自由同盟主席身份急匆匆来华访问的。我参加了这次接待工作，并担任缅语翻译和会谈记录工作。

周总理关于解决中缅边界问题的方案所体现的主要精神就是，如果我国与周边国家在有争议的边境地区发生武装冲突，先是尽量使双方的军队脱离接触，如双方各自后撤 20 公里，维持现状，然后再就实质性问题进行谈判。这一原则后来也成为我国与其它邻国发生边境武装冲突时遵循的重要原则之一。

周总理还总结归纳了解决历史上遗留下来的我国与邻国边界问题的一些基本原则，那就是：历史上双方中央政府之间签订过关于边界问题的条约、协定等正式法律文件的，原则上我们就得接受。这是国际法的基本原则。毕竟我国与周边 10 多个国家接壤，存在历史上遗留下来的大大小小的边界纠纷。如果我们与周边邻国都翻旧账，那就会打起来，必然会大乱，闹得四邻不安。从战略上看，不利于保持我国周边的和平环境，也不利于我国集中精力搞国内经济建设。

“1941 年线”是 1941 年民国政府与英国政府之间已有正式换文确认的，我们不能不承认。所以进入“1941 年线”以西的解放军和我方人员必须撤回来。对此，一开始，云南军区的部分领导干部、边防部队和当地边民都想不通，并多次来电希望派人去做说服工作。为了让这部分解放军撤回，周总理亲自去了几次云南，并开了不少大会小会，不嫌其烦地做了许多说服工作。当我们的子弟兵撤走时，出现了当地边民不忍解放军离去而相拥泪别的动人场面。因为当地边民与我们的子弟兵已相处了近十年，结下了深厚的鱼水情，他们认为只有解放军才是他们可靠的保护神。记得当时缅甸科曾收到过几封有关中缅边界问题的来信，其中浙江有封来信，就对我国接受“1941 年线”的决定表示不满，甚至骂我们“卖国”。这些人士的拳拳爱国热忱可嘉，意见却是不可取的。他们没有考虑到整体大局，也不懂得国际法。

片马、古浪和岗房三地，是英国政府 1911 年正式照会当时的中国政府，承认是中国的领土，所以缅甸政府军必须从这三块地方撤出。

联系到中印边界问题，其中就牵涉到所谓的“麦克马洪线”。那条线是西藏地方政府与英国政府之间确定的，清朝中央政府始终拒绝承认，所以我们绝不能接受。周总理的这些

1960 年 10 月，周总理陪吴努总理和奈温将军在人民大会堂观看演出（第一排右一为吴努之女杜姗姗努，第二排右三为作者）。

指示，不仅为解决中缅边界问题确定了基本方针，而且也为后代解决我国与其他邻国的历史遗留的边界问题，定下了应遵循的基本原则。这些基本原则凝聚了周总理的智慧和心血，惠及后代。

吴努访华小插曲

1956 年 10 月底至 11 月初，应吴努的主动要求，他以执政党自由同盟主席的身份访华，专门来谈边界问题。这是 1956 年 5 月我从驻缅使馆调回外交部后，第一次参加这样重大的接待工作。接待吴努主席访华的方案是我起草的，还担任了翻译兼会谈记录。

当时北京还没有钓鱼台国宾馆，吴努一行就下榻在北京东交民巷一处最好的国宾馆（解放前一度曾是法国驻华使馆，“文革”时是外交部领导办公地，后来又成为西哈努克在京的官邸）。

担任吴努口译的是英文翻译浦寿昌（主要担任边界问题谈判的翻译）和缅文翻译程瑞声。另外，外交部还从中联部和国际广播台借来了几位缅语翻译。

吴努主席的访问是成功的。双方在边界问题上达成原则协议，于 1956 年 11 月 9 日发表了简短的新闻联合公报。公报称，“从 1956 年底起，中国军队将撤出‘1941 年线’以西地区，缅甸军队将撤出片马、岗房、古浪三个地方。这项撤军工作将在 1956 年底前完成。”

这份公报只有短短数百字，但却为解决中缅边界问题迈出了实质性一步，具有重大意义。它不仅使边境地区的紧张气氛缓和了下来，而且为最终解决边界问题创造了有利条件。

中方同意中国军队从“1941 年线”以西地区撤出这一点，对吴努来说是此行最大的收获。因为 1955 年 11 月，中缅边防部队发生武装冲突的地区正是在这一段。新闻公报的这一表述相当于表明中方接受了过去双方还有争议的“1941 年线”。本以为吴努此行已达到主要目的，应该感到满意，因为我方基本满足了缅方在南段以“1941 年线”为界的要求，但后来发生的事却并不是如此。

离京前，毛主席以国家元首身份在中南海接见并宴请了吴努一行。毛主席亲自宴请吴努一行人员，也是少见的，说明我国对此次访问的重视，也提高了接待规格。我有幸担任毛主席与吴努会谈的记录员，又作为翻译参加了毛主席在中南海招待吴努一行的宴会。

按常理，这次活动主要体现政治和礼遇，一般不会涉及什么具体问题，我方的接待方案也是这样预估的。

可是出乎意料，吴努在这样的场合，居然无中生有，向毛主席直接提出所谓我国在1956年缅甸全国大选中支助了缅甸左翼反对党民族团结阵线的问题。

据当时缅甸媒体报道，民族团结阵线在全国大选中赢得了37%的选票，在议会中的席位大增，震惊了执政党自由同盟的领导层。吴努也因此辞去总理职务，想专注于重整自由同盟。

作为具体主管缅甸的一员，我听到吴努此言一出，先是一愣，接着就想到接待方案中没有预料到吴努会提出这样的问题，当时的气氛似乎一下子凝固了起来。

毛主席非常冷静，胸有成竹，举重若轻。毛主席问吴努，您所指的中国支助了缅甸反对党，是不是指我们驻缅大使姚仲明支持了他们？如果是这样，我们可以立即撤换姚仲明，因为那是我国不允许的。

吴努立即说“不是，不是”，并忙补充说，姚仲明大使为缅中友谊做出了很大贡献，但吴努欲言又止，并没有进一步具体说明。

毛主席接着说，吴努主席说我们支助了你们的反对党，可又拿不出具体证据。如果我们真的支助了，那叫干涉缅甸内政。随即话锋一转说，中国有个国民党，被我们打败了，赶出了大陆，其中一部分人跑到了缅甸，盘踞在中缅边境缅方一侧，利用你们的国土，不时在边境一带对我们进行骚扰，威胁我们的安全，你们也不太管他们，我们可是没有跟你们

1956年10月，吴努主席访华，与周总理、朱德委员长在北京留影。（照片来自程瑞声著《睦邻外交四十年》）

计较。现在吴努主席说我们支助了你们的反对党。我倒建议我们两国可不可以成立一个中缅联合查账委员会，查一查情况再说（大意如此）？

吴努没有料到毛主席一下子把皮球踢了回来，听后一时语塞，对毛主席的提议也不知如何应对。显然他没有料到毛主席会提出建立什么联合查账委员会的建议，接受不好，不接受也不好。不知说什么好了。吴努自知没趣，碰了个软钉子，只好岔开话题。

那天晚上宴会结束后，时间已很晚了，缅甸驻华大使吴敏登奉命匆匆赶到外交部对我方表示说，吴努主席回去后，觉得他不该向毛主席提那样的事。显然，吴努知趣，自己找台阶下了。

吴努这次访华还有一件事值得一提，那就是到了北京后提出想去西藏访问。显然，他对我们的西藏民族和宗教政策心存怀疑。1950年底，也就是中缅建交后不久，当人民解放军进军西藏之际，吴努政府曾与印度尼赫鲁政府沆瀣一气，正式照会我国政府对解放军进军西藏表示关切，明显干涉了我国内政。

由此，也就可以估计到吴努提出访藏要求的大致用意了。对此，中央没有正面拒绝吴努的要求，而是告诉吴努，西藏海拔高，又值冬季，去的话，需先进行体检，合格后才可成行。吴努听后，也就知难而退了。

芒市中缅边民联欢大会

中缅边民联欢大会于 1956 年 12 月 16 日在云南省德宏傣族景颇族自治州首府芒市举行。云南省觉得要承办这样一次大会，单依靠本省，在礼宾和翻译力量上均嫌单薄，所以请外交部派人支援。这样，部里就抽调了礼宾司副处长卢书愚和亚洲司的我去。我有幸参加了这次盛会，任务是将云南省刘明辉代省长（他是大会主持人）的讲话稿和会场内外标语条幅译成缅文，布置会场，并为刘明辉担任口译。

当时从昆明到芒市没有开通航线，只有抗战时建成的滇缅公路，两地相距 800 多公里，其中昆明到安宁一段是沥青路面，其余均为盘山的砂石路，我们乘小车昼行夜宿，走了 3 天才到达芒市。

不过，沿途春意盎然，越向西南走，景色越美。公路两边樱花盛开，杜鹃花漫山遍野，且不时有热气腾腾的温泉以及当地称之为“海”的高山湖泊点缀。尽管我因晕车一路呕吐不止，却并没有妨碍欣赏这难得一见的自然美景。

说起政府出面办边民联欢大会，首先要提到1956年2月，吴努政府在克钦邦雷基镇率先举办过一次缅中边民联欢会。应该说，这是数月前中缅边界佧瓦山区发生武装冲突后，缅方不顾以美国为首的东南亚条约组织借机掀起的反华浪潮，主动采取的一项缓和紧张局势的行动，值得肯定。吴努总理亲临联欢会，我方派出了以云南省政府秘书长张子斋为首的云南地方领导人和我国驻缅大使姚仲明参加。但那次边民联欢活动规模和范围较小，参加人数也少，仅5000人左右，影响较小。

同年10月底至11月初，吴努以执政党自由同盟主席身份访华，专门来谈中缅边界问题。在访问中，吴努主席接受了周总理提出的关于解决中缅边界问题的原则性建议，双方于11月9日发表了简短的新闻联合公报。这份联合公报为解决中缅边界问题迈出了具有重大意义的实质性一步，进一步缓和了边境地区局势，打破了西方国家挑拨离间的宣传。

为了进一步营造边境地区人民和谐友好的气氛，周总理趁热打铁，亲自策划了在我国境内举办的一次规模更大、规格更高的边民联欢大会。

周总理利用与贺龙副总理12月10日至20日的访缅机会，邀请吴巴瑞总理和与吴觉迎副总理以及外长藻昆卓等缅方领导人一起，从缅境步行进入中国，出席芒市边民联欢大会。这种亲密的串访形式，可谓是睦邻外交的一大创举。

12月15日下午，经过周总理的周密策划，中缅两国总理从缅境九谷弃车一起款款步行，在跨境的畹町桥中央紧紧握手。那一刻真切体现了中缅两国特殊的睦邻友好关系。我站在畹町桥我方一侧，目睹了这一难忘的历史性时刻。

1956年12月15日，周总理与吴巴瑞总理从畹町桥步入我国境内。

12月16日下午，边民联欢大会就在芒市小平坝举行，临时搭建了一个讲台，大会露天进行。周总理和吴巴瑞总理在大会上都发表了热情洋溢的讲话。我是大会主持人的翻译，始终在台上，亲眼目睹了大会的盛况。

两国边民约1万多人参加了大会，由于当地边民同属一个民族，如我国的傣族即缅甸的掸族，景颇族在缅甸则称克钦族，语言相通，双方往往沾亲带故，如同一个大家庭欢聚一堂，气氛热烈而融洽，大会取得了圆满成功。虽然两国总理在芒市逗留不足48小时，但意义却非同寻常。

两国总理如走亲戚般与两国边民同乐，畅叙“胞波”情谊，更是打破了常规，体现了中缅两国特殊的亲密关系。随同吴巴瑞总理一起来访的还有外长藻昆卓，他是与云南接壤的缅甸掸邦土司，是德宏傣族景颇族自治州州长刀京版的妻弟，两人相见时，藻昆卓当场向姐夫刀京版行傣族下跪大礼，真切体现了两国间的亲情关系。这正是周总理对这次大会的设计和安排想要达到的目的：体现两国边民之间浓浓的亲情和友情，使中缅边界永远成为一条友谊与和平的边界，中缅两国永远是好邻居！至今，尚未见过两个邻国以此种形式举行如此高级别的边民联欢大会。

60 多年过去了，此情此景依然历历在目，让我不得不佩服周总理高瞻远瞩的眼光和超常的睿智。

缅甸末代土司会见中国末代皇帝

1957 年 4—5 月，缅甸联邦议会民族院议长、开国总统苏瑞泰应中国全国人大常委会委员长刘少奇邀请，携夫人、妻妹和 7 个子女访华，历时近 1 个月。时任全国人大常委会副秘书长刘贯一全程陪同，我担任苏瑞泰的口译，参加了访问的全过程。苏瑞泰访华期间，除受到毛泽东主席的接见外，刘少奇委员长在中南海为他举行了隆重的欢迎宴会。五一节上午，他与毛主席等中国党和国家领导人一起登上天安门城楼，观看了盛大的群众游行。此外，他还访问了昆明、重庆、武汉、天津、北京、沈阳、鞍山、大连、抚顺、上海和杭州等地。

说到良瑞土司苏瑞泰，他的家族与我国在历史上还有一段剪不断理还乱的关系。明朝时，良瑞所在的地区被称为木邦，后设木邦府，1404 年后改称宣慰使司，是明朝的册封地。

16世纪中叶，因明朝官吏频频勒索，木邦王不再受明朝的封号，转而投靠缅甸东吁王朝。后来，东吁王朝派兵入侵木邦，1762年，清朝派兵入缅征讨东吁王朝，木邦王又助清军伐缅。19世纪末，木邦沦为英帝国的属国，木邦被划分为35个小土邦，木邦王虽还是大土司，但随之也失去了对这些小土邦的支配管辖权，而木邦府所在地则渐渐被人们习称为永贵（现称良瑞）。1929年，苏瑞泰之父病逝，苏瑞泰遂袭任永贵土司。缅甸的掸族与我国云南边境的傣族同属一个民族，所以，缅甸掸族上层人士与云南境内的傣族土司在历史上常有联姻。如云南干崖（今盈江东）土司、20世纪50年代云南德宏傣族景颇族自治州的首任州长刀京版与苏瑞泰就是连襟关系。苏瑞泰1957年在云南访问期间，刀京版全程陪同，他们直接用傣语交流，无需翻译。

特别耐人寻味的是，苏瑞泰来中国后，主动向我方提出要见中国的末代皇帝溥仪。当时，我方没有马上答复同意，直到5月上旬苏瑞泰到沈阳访问时，刘贯一副秘书长才告诉他，可以见溥仪。

当时，溥仪还被关押在抚顺战犯管理所。这里虽名叫管理所，实际上是一所名副其实的监狱，周围是高墙电网，荷枪的战士在高墙上站岗放哨，戒备森严。苏瑞泰一行就在位于这座管教所的进门处、地上铺着草编地毯、周围有一圈沙发的简陋接待室里与溥仪见了面。我和苏瑞泰及其小儿子同坐在进门处的一把长沙发上，溥仪就坐在紧挨苏瑞泰左侧的单人沙发上，他身穿布中山装，鼻梁上架着一副深度近视镜，人显得比较清瘦。苏瑞泰问了他不少问题，如思想改造的情况、感受如何、是否想逃跑，以及在监狱的生活情况等。溥仪一一作答，讲得情真意切，说到动情处还不时流下热泪。他真诚地承认自己有罪，一再说尤其对不住东北三省的同胞们。他还说，刚进管理所时，他什么都不会做，如穿衣服、洗衣服、叠被子、补袜子等生活上的事，总想别人伺候他，但现在这些都学会了。他感谢政府的教育和挽救，说他正在争取做一个自食其力的人。他还谈到，每年管理所都组织他们到外地参观访问、受教育。

苏瑞泰也发表了感想，说外部世界曾传说溥仪已不在人世，现证明是谣言。又说，溥仪真的变了一个人，让他亲眼看到了中国政府改造政策的成功，打消了他对我国政府改造战犯政策的误解和疑虑。

谈话结束后，苏瑞泰一行与溥仪合影留念，还参观了管理所。管理所周围是一圈平房，中间是一块空地。战犯们睡大通炕，一张大炕上大概可睡 20 多人。那些昔日的王公贵族、遗老和战犯，现在都吃大锅饭，晚上就挤在大通炕上。接待人员向苏瑞泰专门介绍了当时也在场的昔日伪满洲国“总理大臣”郑孝胥，并说郑孝胥刚来时态度极不好，拒不认罪。不过，当时我们看到的郑孝胥，已是一个老态龙钟、须发全白的干瘪老头，牙齿也大部分脱落了，一副落魄的样子，全无了昔日的威风。管理所中央的空地，修了篮球场、排球场等体育娱乐设施，周围还有图书馆、阅览室和放映厅。总之，这里如同一个大院，自成系统，只是犯人不能自由外出而已。

苏瑞泰这次访华带了一大家子人，名义上是“走亲戚”、友好访问，而实质上，他内心有自己的打算，主要是想考察我国对王公贵族、少数民族特别是民族上层人士的政策。苏瑞泰在争取缅甸独立的过程中曾发挥过重大作用。他出席了

1947年2月在掸邦彬龙镇举行的由缅甸反法西斯人民自由同盟代表（昂山将军）、掸族代表（苏瑞泰）、克钦族代表、钦族代表和英国政府代表参加的彬龙会议，达成了缅甸历史上著名的《彬龙协议》。根据该协议，缅甸少数民族邦区有条件地同意与缅甸本部组成缅甸联邦。正是根据《彬龙协议》，1947年9月颁布的《缅甸联邦宪法》第十二章中明文规定："必须给予联邦邦区和自治邦区能从联邦分离出去的权利，但从加入缅甸联邦之日起，有关邦区在十年之内不得行使分离出去的权利；十年之后要从联邦分离出去，必须获得有关邦区三分之二以上的立法委员会委员的同意，并在有关邦区举行全民公决，根据有关邦区所有人民的真实意愿决定是否可以脱离联邦。"苏瑞泰访华的1957年，正是可以开始考虑脱离缅甸联邦独立出去的关键之年。

在苏瑞泰会见溥仪2年多后的1959年，中华人民共和国建国十周年前夕，溥仪获得政府大赦，走出高墙，从此过上了正常人的生活。而苏瑞泰与溥仪相比，就没有那么幸运。

苏瑞泰访华期间，亲眼看到了我国对云南边境傣族土司等民族上层人士的优待和赎买政策的成功，也看到了我国对末代皇帝溥仪等人改造政策的成功，而与此相比，他觉得他和掸邦的前景堪忧。所以，回国后不久，苏瑞泰通过我国驻缅使馆提出，希望我国支持他脱离缅甸联邦、开展掸邦独立运动的计划，并暗示掸邦有可能加入中国。可他没有料到的是，我国中央政府从维护与缅甸睦邻友好关系的大局出发，明确拒绝了他的请求。

遭到拒绝之后，苏瑞泰暗中并未停止争取掸邦独立的活动。显然，他的分裂活动不可能不被缅甸统治集团察觉。

1957 年 5 月，刘少奇委员长在中南海宴请苏瑞泰议长。

1958 年 10 月，素有“缅军之父”之称的奈温将军利用执政的自由同盟分裂之机，以防止国家分裂为由，实行不流血的军事政变。政变后，他出任缅甸看守政府总理，直至 1960 年 10 月。期间，缅甸政府开始实施一些限制少数民族邦区土司特权的措施，触动了土司的权益。

1962 年 3 月，奈温将军以防止缅甸分裂为由，再次发动了军事政变。这次政变比 1958 年的那次彻底得多，不仅推翻了吴努政府，全面实行党禁，还废除了 1947 年 9 月颁布的《缅甸联邦宪法》，实行《缅甸社会主义纲领》。这就意味着取消了原来宪法中有关少数民族邦区脱离缅甸联邦的权利，少数民族邦区原来享有的一些自治权利（如财政自治权）和土司享有的一些特权也随即被剥夺。苏瑞泰与吴努政府的其他高官则被奈温政府逮捕入狱，同年 11 月，苏瑞泰病逝于狱中。

苏瑞泰死后，曾随其来华访问的夫人玛哈黛维及其子女

苏瑞泰议长在抚顺战犯管教所接待室会见溥仪。

纠集了一批人，成立了掸邦独立军，开始公开武装对抗缅甸军政府，但他们屡战屡败。据传，其幼子被缅政府军击毙。玛哈黛维后来逃往泰国，客死他乡，终究没有实现脱离缅甸的梦想。由此也可看出缅族与少数民族矛盾的错综复杂性，这个问题一直延续至今，始终困扰着缅甸，成为阻碍缅甸经济全面发展的主要绊脚石。

西哈努克亲王的尴尬

20 世纪 50 年代，在东南亚各国中，印尼苏加诺总统和柬埔寨西哈努克亲王被公认为最风流的领导人。西哈努克比苏加诺年经，当时刚 30 岁出头，可谓风流倜傥。

1957年夏，35岁的西哈努克亲王携他最宠爱的第六任妻子——莫尼克公主来华访问，下榻在东交民巷三十号的国宾馆。这个国宾馆是一栋典型的法式二层建筑，是北京钓鱼台国宾馆建成前我国用来接待外国国宾的主要宾馆。这里有较大的院落，除这栋主楼外，还有几栋小巧的配楼。西哈努克很喜欢这座建筑的风格和内部布局。

西哈努克一向标榜自己是位亲民的平民化君主。我曾观看过一些柬埔寨本国拍摄的纪录片，片中西哈努克俨然是个开明君主：他身着平民服装，与民众打成一片，与民同乐，关心老百姓的疾苦。

莫尼克公主1936年出生，当时21岁，与西哈努克相差14岁，是个法柬混血儿。她身材高挑，温柔貌美。不过，她那时尚未被正式册封为皇后，所以还称“公主”。

当时我在外交部亚洲司二科工作，柬埔寨也属二科管，所以参加了这次接待工作，主要负责编写《接待简报》和会谈记录工作。

在这次接待过程中，发生了一件有趣的事。一天，周总理与西哈努克亲王会谈结束后，亲自送西哈努克亲王回国宾馆并一起登上二楼。当他们顺着弧形的楼梯缓缓拾级而上快到二楼时，在楼下的我突然听到西哈努克亲王大吼一声。由于声音很大，楼下的人听到后都惊了一下，以为发生了什么事。

事后才得知，他的那位爱妻莫尼克公主也许并没有预料到周总理会亲自陪同她的夫君一起上楼，所以在二楼楼梯口跪迎夫君，行君臣之礼，以致当场将这种君臣大礼彻底暴露在一位外国总理面前，一时使口头上一向标榜平民化的西哈努克亲王有些尴尬，下不了台。这似乎有损于他一向标榜的自己开明君主的形象，所以他生气地大声叫莫尼克公主“起来！”

其实，在他们内部，是严格遵循这种君臣之间的礼节的。接待西哈努克亲王期间，我也住在国宾馆，他倒不避讳我们这些工作人员，我曾不止一次亲眼目睹西哈努克亲王一人端坐沙发，而年龄比他大许多的老臣们则统统恭敬地跪坐地毯上开会的情景。在公开场合，他们虽有先后、主次之分，但却不会行君臣之礼，这大概就是内外有别吧！

缅甸实权派领导人访华

吴巴瑞和吴觉迎，前者是缅甸副总理兼国防部长，后者是副总理兼工业部长，是缅甸政坛上呼风唤雨的两位实权派人物，政治态度偏右。他们都是执政的自由同盟中社会党的领导人，吴巴瑞一度还出任过社会党国际的副主席。

前者有一诨名“猛虎巴瑞”,此诨名出自何处已无从考证，不过从字面上看，容易让人对其产生敬畏心理并联想其待人接物的一些特征。后者吴觉迎在缅甸著名作家德贡达耶笔下，被描写为“弱不禁风”,形容其骨瘦如柴。此公得过肺结核病，每每咳嗽，习惯动作是耸肩膀，一副病态。他鼻梁上架着一副深度近视眼镜，脸色阴沉沉的，而其夫人却大腹便便，身形矮胖，夫妇俩形成了鲜明反差。

他们俩与总理吴努面和心不和，互相心存芥蒂，这是公开的秘密。他们对我国都心存疑虑。特别是吴觉迎，属缅甸当权派内的亲美代表人物，是缅甸接受美国援助的总管。他始终与我国保持距离，极少来我使馆参加活动，即使给他发了请柬，也借故不来。

显然，在我国西南边陲，能争取到缅甸政权对我国维持比较友好的状态，战略上符合我国的利益，所以我国一直想争取这两位副总理，让他们来我国看看，做做他们的工作，以便让他们更多了解中国，减少对我国的疑虑。

机会终于来了。1956 年 12 月，在周总理访问缅甸时的亲自力邀下，这两位重量级人物终于同意一起到芒市参加中缅边民联欢大会，这次短暂的访问给他们留下了较好印象。在这种背景下，我国政府趁热打铁，邀请他们两位一起来访华，时间他们选择在 1957 年底至 1958 年初，此时正值我国北方的隆冬季节。这些来自南国的贵宾对中国北方的寒冷天气准备不足，衣着都显得单薄，所以到北京后，外交部特为这些客人制备了御寒的毛大衣。在这次接待工作中，程瑞声担任主要口译，我除做口译外主要是做会谈记录工作。

中央十分重视他们的来访。日程安排经过精心策划，从南到北安排他们参观了不少工厂。他们一到昆明，就让他们参观了昆明钢铁厂和一家制造轻武器的军工厂。在那里，外宾还试射了新下线的步枪和轻机枪。我们甚至还让他们参观了昆明一家一般不对外开放的军工精密光学仪器厂。在成都，他们主要参观都江堰水利工程。公元前 250 年左右，李冰父子经实地勘察，将岷江巧妙地一分为二，建成了至今仍造福人民的都江堰水利工程，客人们对此交口称赞。

我方还特意让他们参观访问一些大型制造业工厂，特别是新中国成立后新建扩建的大型工厂，如武钢、鞍钢、包钢、

1957年冬，毛主席在杭州刘庄接见吴巴瑞和吴觉迎副总理。（最后一排左三的我担任记录）

长春第一汽车厂、沈阳机床制造厂、沈阳飞机制造厂、上海江南造船厂。他们还参观了我国自己制造的潜艇。

毛主席在杭州刘庄破例接见了吴巴瑞和吴觉迎一行20多人，接见大厅坐得满满当当。毛主席一再阐明我国的外交政策，说明我们现在不会，将来也不会侵略别国，即使我们强大了也决不会侵略别国，决不会在世界上称王称霸。毛主席还指着在座的我们这些年轻人说，我们正在教育像他们这样的青年人，要他们永远不骄傲、不称霸。

除此之外，我们还安排他们与我国的民主党派，如农工民主党等接触、开座谈会，从此正式建立了缅甸社会党与我国农工民主党间的党际交往关系。随他们来访的缅甸社会党的工、青、学群众组织的负责人，还分别会见了中国的工会、青联和学联负责人，并且与这些团体建立了经常交流关系。

在上海，吴觉迎还会见了公私合营前先施公司的老板郭某，由我担任口译，郭某谈了公私合营的经历。吴觉迎问了不少问题，特别是有关定息的问题。

这两位领导人回缅甸后对我国的态度有所好转，从此与我国使馆建立了正常的往来关系。

此次接待工作对我个人来说还有另一层意义，那就是认识了我的意中人莲芳。自从我被外交部派去仰光学缅语后，做缅甸问题专家、一辈子搞缅语专业、把一生献给中缅友好

在乌鲁木齐机场，前排右一为莲芳，右二为吴觉迎副总理夫人。

事业，成为了我的理想。

我一直想有一位志同道合也学缅语的佳人成为终身伴侣。记得 1956 年刚回外交部不久，曾有女同事非常热情，想要给我介绍一位打字员，被我一口回绝了。当时周围同事们都认为我的条件太苛刻，要在小语种这一小圈子中找到合适的配偶太困难了，甚至是不可能的，而实际上，命运之神正将意中人送到我的身边。

吴巴瑞和吴觉迎副总理夫妇的同时来访，使外交部礼宾司在为两位夫人配备缅语女翻译上犯了难。他们从广播电台找到了一位女翻译给吴巴瑞夫人当翻译，而吴觉迎夫人的翻译没有着落，迟迟找不到。万般无奈，礼宾司只好派人到当时唯一有缅语专业的北大东语系试试，终于把尚在二年级学习缅语的莲芳临时借调来为吴觉迎夫人做翻译，外交部还为她借了御寒的毛大衣。真可谓有缘千里来相会，无缘对面手难牵！

特事特办

1948 年缅甸独立，而后一直由自由同盟执政。但是随着时间的推移，自由同盟内部派系矛盾不断激化，终于在 1958 年 5 月 3 日公开分裂，一派以吴努（总理）和德钦丁（副总理）为首，简称努丁派，自称“廉洁派”；另一派以吴巴瑞（副总理兼国防部长）和吴觉迎（副总理兼工业部长）为首，简称瑞迎派，自称“巩固派”。

双方同意实行“和平分手”：1 个月后的 6 月 4 日，吴巴瑞和吴觉迎本人及该派的13名内阁部长和22名国会秘书辞职。第二天即6月5日，在议会特别会议上，由吴巴瑞以议员身份提出对吴努政府的不信任案。6月9日上午10时（缅甸时间），议会对不信任案进行投票表决，并由缅甸国家电台作实况转播。这在缅甸历史上是前所未有的举动，成为各国和媒体关注的焦点。

缅甸科当时也将缅甸政局的这一大事作为工作重点，密切跟踪波谲云诡、瞬息万变的形势，并决定立即动手向中央写一份形势分析报告，对缅甸政局的发展及自由同盟两派的胜负作出预判。

中央对缅甸政局的这次重大事件也高度重视。缅方公告其国家广播电台将对不信任案投票情况进行实况转播的消息一发出，身兼外长的周总理得知外交部有个刚从使馆回来的缅语翻译，指示要外交部组织收听缅方的实况转播并尽快上报表决结果。部领导随即要亚洲司组织实施。

当时我是外交部唯一懂缅语的。科长裴建章问我行不行，能不能完成任务？我说一定要有一台灵敏度高的收音机，因为缅甸广播电台的发射功率太小。他说这不成问题，部领导已要机要局立即专门组装一台灵敏度高的真空管收音机（当时半导体收音机刚问世，国内尚罕见），让我先试着收听。

没过几天，机要局就将一台外表看起来有点笨重、11真空管、高灵敏度的铁壳收音机安在了我办公桌旁，还配备了耳机。我立即试了试收听的效果。当我将旋钮旋到缅甸广播电台波段的一瞬间，遥远的空中电波立即传来了我熟悉的缅甸广播电台的开始曲和标准的缅语播音。声音虽有点飘，但能收听到，这使我倍感亲切，恍若又置身于仰光驻缅使馆，这增强了我完成任务的信心。

领导要我先做适应性收听。我听了一会儿，觉得没有问题。于是领导决定作为一项重大政治任务，让我收听6月9日缅甸国会两派辩论的实况转播并要求立即上报中央。这在当时的外交部是绝无仅有的，我的缅语水平无疑面临着一次严格的考试。

与此同时，缅甸科反复开会对缅甸政局进行分析研究，由我执笔写出了一份向中央上报的调研报告。该报告预计，在议会投票表决中，努丁派将获得微弱多数的胜利。为了做到尽快上报，报告已来不及打字，由我用钢笔写出报告全文(过去给中央的报告都必须是打字的)，把两派的得票数预留空白，收听到投票结果后立即填上，以最快速度上报中央。

仰光时间比北京时间晚1个半小时，议会特别会议是缅甸标准时间上午10时开会，北京时间已临近中午12时。我已顾不上吃中饭，也忘记了饥饿，戴上耳机，全神贯注，不敢有丝毫懈怠，就怕漏掉一句话。科领导和司领导也都守候表决结果。没过多久，电波中就传来了不信任案的表决结果：努丁派127票对瑞迎派119票，以仅8票的微弱多数取得胜利。我马上把这一表决结果填进报告预留空白处，把报告送到领导手中。

这个报告的上报速度竟比我国驻缅使馆发回的电报还快了6个小时。从事后退回的上呈报告看，周总理仔细阅读了我手写的报告，用毛笔一一圈点了标点符号，并当即批给了中央常委传阅，而且表扬了外交部报告的分析和速度。这次“考核”的结果是圆满的。从此，外交部领导也知道了我缅语的水平，不久我即被定为缅语高级翻译。我也因此被外交部

章文晋司长与部分缅甸科同志在外交部东楼前合影（左三为章司长）

推选为两名社会主义建设积极分子之一，出席了1959年中央国家机关社会主义建设积极分子大会，并在会上发了言。在中南海怀仁堂，我光荣地受到了朱德总司令的接见，当时我年仅25岁。

中央如此重视缅甸政坛两派的斗争，是有深谋远虑的。当时，周边国家对我国的态度并不都是友好的，如巴基斯坦、泰国和菲律宾，都还是以美国为首针对我国组成的东南亚条约组织的成员国，印度在边界问题上也开始与我国闹矛盾。所以，在我国西南边陲，缅甸保持对我国的友好态度是符合我国的战略利益的。而如果当时由比较亲西方的吴巴瑞、吴觉迎派掌权，中缅关系很可能会遇到一些麻烦。这一点，正是我们高层所担心的。

周总理表扬我起草的报告

大概在 1958—1959 年，缅甸驻华使馆照会外交部，称缅甸有一架达科他客机须到香港检修，要飞越我国海南岛，请求准许飞越我国领空。当时与解放军总参谋部同志会商后，由我执笔起草请示报告。这套文件包括致缅方的复照，给我国驻缅使馆的电报，给解放军有关部门关于缅机的机型、标识、航线和无线电呼叫号，及飞越我国领空的时间等具体资料。周总理在审批我起草的这套文件时，不仅只字未改，而且认为报告写得周密，可作为以后处理此类案件的范本，这是对我最大的褒奖。当批件退回来，看到周总理的亲笔批语时，我心里十分高兴。

其实，周总理当时做这样的批示也是事出有因的，因为就在此前不久在类似问题上我方曾出过大纰漏。当时西哈努克亲王的专机要飞经海南省领空去香港，事先柬方已把有关专机的具体资料通过外交渠道书面通知了我方，我方也已正式复照同意。可是不知在哪个具体环节上出了差错，最后还是发生了问题。

驻海南省解放军的高炮部队似乎没有收到相关通知，发现外国飞机“侵入”领空，就开炮示警。西哈努克的专机虽毫发无损，但炮弹在飞机周围爆炸，已引起专机内西哈努克的注意和不安，并在事后当面向周总理提及此事。周总理当场向西哈努克亲王表示了歉意。事后还追查了此事。

这样的事本来算是国家关系中“小事一桩”，友好国家正式行文告知，理应放行。但这类事上上下下又涉及多个部门，不是一个单位就能解决的，而且比较具体细致，所以也就容易出错。周总理看了我写的报告比较周全，条理清楚，所以才批示以后此类问题的请示报告可以我写的那份报告作为“范本”。正是有了那次教训，各有关单位此后在对待此类事情上更加认真细致，防止在某一具体环节上出纰漏。这也再一次证明外交无小事。

“大跃进”的日子里

1958—1959 年搞“大跃进”时，外交部亚洲司领导就琢磨着，全国人民都在搞“大跃进”，亚洲司结合本身具体工作情况，如何也能体现“大跃进”的精神？上上下下反复酝酿商量的结果是，结合学习大庆油田苦练基本功的经验，要准确掌握亚洲各国的基本情况，以利于开展日常工作。

司领导决定，每个科应把各主管国家的基本情况搞清楚，写出各国的基本情况，作为向国庆十周年的献礼，但这项工作又不能影响日常工作。

那两年缅甸政局动荡：先是执政 10 年的自由同盟公开分裂成两派；接着国防军总参谋长奈温将军乘机逼宫，让吴努交出总理大权，自己担任看守政府总理；再加上中缅双方在边界问题上，正处于紧锣密鼓的谈判之中。缅甸科的日常工作已十分繁忙，白天很难静下心来查资料、写大块文章。

不仅如此，有时我们还得轮流参加人民大会堂和钓鱼台国宾馆（他们也是国庆十周年的十大建筑献礼工程）挖掘地基的义务劳动。特别是修建钓鱼台国宾馆的义务劳动，我们参加了不止一次（因为钓鱼台国宾馆属外交部管）。所以这项写作文章的献礼任务，只好在晚上进行，同时请外交部下属的国际问题研究所主管缅甸的一位同志协助。

记得写作最紧张的时候正值盛夏，我晚上不回宿舍，就在办公室。饿了，就到红星影院附近的上海小吃店吃夜宵；困了，就在办公室将三把椅子一拼，躺下打个盹儿，再起来干。最终赶在国庆十周年之前，总算完成了有5万多字的《缅甸基本情况》，并打印了出来。这个资料在相当一段时间里，一直是缅甸科（后来改为处）的一本工作手册，还算起过一些有益的作用。

而要说没有多大作用的是“大炼钢铁”。外交部当时也想为中央提出的实现年产1070万吨钢的目标做点贡献。于是先派总务司的同志去学习所谓的转炉炼“低碳钢”的技术，他们学会后，回来就在老外交部红楼前挖了个坑，支了一个转炉开始炼“低碳钢”，各司则轮流派人当下手去体验帮忙。这称之为“既炼钢，又炼人”。我也被派去炼过一次，炉子里溅出的火花把我的卡其布裤子烫出无数小洞。此后，有一阵子，我还把这条烫满洞的裤子珍藏在箱底，留作纪念。所谓“低碳钢”，实际上是铁和炉渣的混合物，没有多少用处。可人们还是把这些“低碳钢”真当“宝贝”似的，给它披上红绸子，敲锣打鼓送往国务院机关党委报喜、计数。搞了一段时间，后来听说，中央书记处书记彭真同志发话说，外交工作很繁重，外交部的同志就不要参加炼钢了。这样，外交部的大炼钢铁运动就此打住。

在王府井演活报剧

1958 年夏，我国发起了对金门炮击，美军舰公然对台湾开往金门的运输物资船只公开进行护航，赤裸裸干涉我国内政。一时间中美双方剑拔弩张，形势紧张。我国在天安门广场举行了数十万人的集会，以毛主席为首的党和国家领导人参加大会。会后群众进行游行，抗议美国帝国主义干涉中国内政。其实，美方虽公开放出狠话，但实际上，美国军舰只在台湾海峡为台湾舰船护航，却不敢进入我国大炮射程之内的金门岛的料罗湾海域。由此，也看出了当时美国政府色厉内荏的本质。

当时，我在外交部亚洲司二科工作，老外交部还在东单的外交部街，离王府井很近。司里的同志群情激昂，反美情绪高涨。有的同志提出，让文笔较好的二科副科长老蒋编写个活报剧，讽刺一下美国政府。老蒋二话不说，就动笔写出了一个名叫《特洛伊木马》的活报剧。特洛伊，特指暗藏在社会主义阵营内的南斯拉夫总统铁托（当时被我们痛批为社会主义阵营的“叛徒”）。谁演特洛伊木马南斯拉夫这个角色，已记不起。剧中还有一个美国佬的角色。大家认为我的长相有点像外国人（因为年轻时我的眼窝有点凹陷），所以让我扮演美国佬，我也欣然同意。老蒋还为这个活报剧诌了几句小调。大家分头准备，如为美国佬专门糊一顶画着星条旗的高帽子，戴上不知从哪儿弄来的“八字胡”和一根手杖，算是美国佬的装扮道具。我还把在国外做的米色西服作为美国佬的服装。大家利用午休时间，排练了几次。然后就在一天的中午午休时，我们一行化了妆，敲锣打鼓，嘻嘻哈哈一路走到王府井百货大楼前的小广场开始表演，有不少路人围观。活报剧在“杜勒斯他吹！他吹！他吹牛皮……”的轰场嘲笑声中，把我这个“美国佬”打翻在地。那年我不满 25 岁，血气方刚。

此事使我联想起另一件事。就在同年，缅甸执政党自由同盟执政 10 年后公开分裂，引起国际广泛关注。缅甸是我国的近邻，中央也十分重视。《世界知识》杂志为此向我约稿，要我写一篇关于自由同盟分裂的文章。于是，我写了一篇以《缅甸自由同盟分裂》为题的文章,送司里的专员任以沛审核，他对文章没有多少修改。但他说，对外公开发表文章，不宜用真实姓名。他给我起了个笔名“沈勒”，问我同意不？我问其寓意，他不假思索地说，“审判杜勒斯”。从此，我有了这么个笔名，此后凡我在《世界知识》杂志上发表的文章，均沿用此笔名，直至我离开外交部。由此也可见，曾以反共反华著称的美国国务卿杜勒斯，当时在国人心目中的看法了。

为领导人做会谈记录的甘苦

20 世纪 50 至 60 年代，我在外交部亚洲司（后改为第一亚洲司）工作，既是领导人的缅语口译员，又经常同时担任领导人会谈的记录员。当时我似乎被亚洲司领导认为是做记录的“快手”，所以不仅是缅甸领导人来访的会谈记录理所当然由我承担，就是亚洲其他一些国家领导人来访的会谈记录，司领导也常常派我去做记录。例如，柬埔寨西哈努克亲王、巴基斯坦阿尤布汗总统和阿富汗达乌德首相等领导人来访与我国领导人会谈时，都由我担任记录。

为了做好这项工作，从未学过速记的我，不得不增强自己的记忆和联想能力，又自创了一些只有自己才看得懂的文字和符号，其中既有中文，也有英文，如社会主义用S代表……甚至还有缅文，但主要还是靠大脑强记，把最重要的话记住。

这样的记录大体分两类：一类是逐字记录，另一类是纪要。而领导人之间的会谈，除寒暄不用记外，其余为逐字记录。这些记录在当时都是“绝密”级文件。

领导人会谈记录都追求时效性，也就是一个“快”字。据我多年整理会谈记录的经验，大体上讲，双方半小时的谈话，一般要花上3—4个小时，才能整理出书面记录，且还必须是手脑灵活的人。因为当时还没有电脑，硬得一个字一个字地写，没有什么捷径可循。整理一结束，就得把整理过程中产生的一切纸张和纸屑统统销毁，这是纪律也是职业习惯（亚洲司二科就发生过这样一件事：一位同志做领导人会谈记录时，为自己打小算盘，在整理谈话记录时衬张复写纸复写一份私自保留，供自己以后写文章用，严重违反保密纪律，被发现后受到了纪律处分）。所以，如果会谈是在下午进行，那么不言而喻，整理完成这份会谈记录，肯定就要趁热打铁在晚上加班加点了。

外交部领导了解会谈记录员的辛苦，曾经为了减轻翻译兼记录人员的沉重负担，在20世纪60年代，专门招收了一批政治可靠、业务过硬的速记员来专门担任领导人会谈记录员。当时分配给每个地区司一名速记员。分配给亚洲司的是一位赵姓速记员。他们做了一阵子后，外交部才发现由于速记员不熟悉具体国家的情况，知识面较狭窄，又缺少外交实践，整理出来的会谈记录并不理想。所以不久也就停止了这一做法，只得继续依靠既熟悉外交业务又懂外语的人员来完成这项任务。

如果领导人会谈既配备了翻译，又有专职记录员，那么双方的压力会小些。最具挑战性的是翻译和记录一肩挑。20世纪60年代，我在国内以及后来在驻缅使馆的工作就是这种情况，这是最累人的。因为口译时会受到高强度的压力，要手脑并用，一场口译下来，话说得多，口干舌燥，口腔发苦；大脑高度集中注意力后犹如钟表的发条突然松弛下来，很想休息调整一下，然后才能再投入整理记录的工作。不然，人会感到大脑麻木，“脑筋转不动了”。其中的苦累滋味，只有做过这项工作的人才能深切体会得到。

但这项让人有点望而生畏的工作，有时也给我带来了一些安慰和欣喜。1957年夏，柬埔寨西哈努克亲王访华。一天上午，毛主席请西哈努克在中南海游泳池边进行小范围会谈，我方参加会谈的有毛主席、周总理和陈毅副总理，柬方有西哈努克亲王和宾努首相，加上翻译和记录，一共7人。中午，毛主席就在游泳池边设便宴招待。翻译是中联部的法语高翻齐宗华，我有幸被派去做会谈记录。

本来司领导事先嘱咐，我不参加午宴，会谈一结束就回部里。可当我要起身离开时，周总理叫住了我，并示意我一起吃了饭再走。就这样，我平生第一次与毛主席、周总理和陈毅副总理同桌就餐。人的一生有机会与最高领导人同桌用餐，是多么难得啊！做会谈记录给了我这个难得的机会。

另一次是 1960 年 10 月，陈毅副总理与奈温将军坐公务专列从北京经苏州、上海、杭州和广州，一路向南，直至奈温将军从深圳出境，前后 10 天左右。在专列上两位领导人有多次深入的交谈，我既是翻译又是记录。专列上无整理记录的条件，一回到北京，我就整理出了 1 万多字的谈话纪要上报。陈毅副总理阅后很满意，亲自批了“此件整理得很好，呈总理阅”。周总理阅后还批给中央其他领导人阅。我看到批语后，顿觉我的辛苦也值了。人就是这样，当自己的辛勤劳动得到认可，也就心满意足了。真是人生能有几回搏，此时不搏待何时！毕竟当时我还是一个二三十岁的小伙子，把人生中最好的一段年华献给了外交事业。

今年我已 87 岁，自感记忆力尚可，反应也还行，这或许与我年轻时较长时间从事高强度的文字和强记工作有关。有失有得，大概就是这个道理吧。

一锤定音

中缅边界问题是英国殖民主义统治缅甸遗留下来的历史问题。1956 年秋，缅甸执政党自由同盟主席吴努来华访问时，周恩来总理在会谈中，提出了中方的原则性建议：

第一，佧佤山区一段。中国人民对“1941 年线”是不高兴的，因为这是英国人乘人之危造成的。中方认为，在边界问题上，根据正式条约提出来的要求，按照一般国际惯例应该予以尊重，但是这并不排除两个友好国家的政府通过和平商谈求得公平合理的解决。为了促进这种公平合理的解决，中方表示，准备把军队撤出“1941年线”以西的地区；同时，要求在中缅两国政府没有对“1941年线”问题取得最后协议并且树立界桩以前的地区，缅甸军队不能进驻，但是缅甸工作人员可以进入这一地区。

第二，勐卯三角地区。中方在原则性建议中指出，由缅甸继续对中国的一块领土保持“永租”关系，是同中缅两国目前的平等友好关系不相称的。中国政府愿意同缅甸政府商定如何废除对勐卯三角地“永租”关系的具体步骤。

第三，尖高山以北的一段。从伊索拉希山口以北到底富山口的部分，可以按照习惯边界线划界；从伊索拉希山口到尖高山的一段，除片马、岗房、古浪地区应归还中国以外，原则上可以按怒江、瑞丽江（又名龙川江）、太平江为一方和恩梅开江为另一方的分水岭划定边界。中国政府同时要求，在中国军队撤出“1941年线”以西地区的同一时期内，缅甸政府也把军队从片马、岗房、古浪撤出。在这一段最后划界以前，缅甸政府可以保留在片马、岗房、古浪地区的行政管理，而中国政府保证，在这一段边界最后划定以前，中国军队将不进驻这个地区。

吴努对周总理的原则性建议表示十分满意，中缅双方于1956年11月9日发表新闻公报，确认从1956年11月底到1956年12月底，中国军队撤出“1941年线”以西地区，缅甸军队撤出片马、岗房、古浪地区。

1957年3月底，卸任自由同盟主席重新担任缅甸总理的吴努应邀到云南度假，周总理亲自到昆明和他会谈。在会谈中周总理说，尽管勐卯三角地区在面积上比按“1941 年线”划归缅甸的班洪和班老两个部落的管辖区要大一些，但考虑到缅甸在这里所修建的公路是连接缅甸掸邦和克钦邦的交通命脉，对缅甸很重要，因此中国政府愿意把这个地区移交给缅甸，成为缅甸领土的一部分，但是我们不能无条件地给缅甸。作为交换，缅甸政府应把“1941 年线”以西的班洪和班老部落管辖区划归中国，成为中国领土的一部分，从而纠正两个部落被“1941 年线”分割为中缅两部分的不合理状态。

吴努在这次昆明之行时，还向周总理主动提出，在最终签订《中缅边界协定》的同时，签订《中缅友好互不侵犯条约》。他的这一倡议当即得到周总理的积极响应。事实上，在 1956 年 10 月吴努访华谈边界问题时，周总理就曾向吴努建议，中缅两国在最终解决边界问题时，还可以签订一个两国间的政治性文件。吴努主动提出这一倡议当然有他自身的考虑，而我国当时则基于争取有一个和平安定的周边国际环境，专心搞国内经济建设的大局出发，表明我国恪守和平共处五项原则的诚意，打消周边邻国对我国的疑虑，所以立即同意吴努的主张。

1958 年 10 月，吴努被迫下台，奈温将军担任缅甸看守政府总理后，可能是出于与吴努的个人宿怨和“门户之见”，一度曾致信周总理，表示《中缅边界协定》一定要签，但不想同时签《中缅友好互不侵犯条约》。周总理当即复信指出，《中缅友好互不侵犯条约》是两国总理已达成一致的共识，不应推翻。奈温看我国的态度坚决，也就不再坚持了。这是一个小小的插曲。

1958 年底，作者陪缅甸克钦邦代表团参观上海工人新村。

针对中国的这一建议，1957 年 9 月，吴努派他的亲信——缅甸最高法院首席法官吴敏登作为特使到中国来访问，参加中国国庆观礼，同周总理进一步商谈中缅边界问题。由于缅方不同意以“1941 年线”以西的班洪、班老部落辖区同勐卯三角地交换，会谈未能取得新的突破。这样，边界问题谈判，就在勐卯三角地与班洪和班老部落部分辖区交换的问题上卡了壳。也许，吴努政府与其掸邦邦区政府在这个问题上没有谈拢。

1958 年底，我国政府还专门邀请以克钦事务部长吴山达信为首的缅甸克钦邦领导人访华，对他们做说服工作。由外交部出面接待，我全程担任翻译。陈毅副总理兼外长还专门接见和宴请了他们。因为缅方要归还我国的片马、古浪和岗房三地，当时归该邦管辖。缅甸奈温政府曾说服克钦邦政府，将上述三地交还给中国。这样，中缅边界问题的谈判，就剩下唯一的障碍，即我国提出的将我国的勐卯三角地与“1941年线”以西的班洪和班老部落交换这个问题。

在这关键时刻，奈温将军很果断，也很有政治头脑。1960 年 1 月下旬，就在他担任看守政府总理任期快届满时，抓住时机，突然提出要来华访问，解决中缅边界问题。

1960 年 1 月 24 日至 29 日，临近春节，奈温将军来华商谈边界问题，我是翻译。在会谈中，奈温将军毅然拍板，同意我方提出的方案，把“1941 年线”以西的班洪和班老部落与勐卯三角地交换，从而一举解决了中缅边界问题谈判中留下的最后一个问题。

不仅如此，奈温将军还主动提出将原来双方拟签署的关于边界问题的“换文”改为“协定”，还同意按两国总理在1957 年换文的基本内容，起草并签订《中缅友好互不侵犯条约》。会谈在非常友好的气氛中进行，双方很快达成了协议。两国总理遂于 1 月 28 日分别代表本国政府在《中华人民共和国政府和缅甸联邦政府关于两国边界问题的协定》和《中华人民共和国和缅甸联邦之间友好和互不侵犯条约》上签了字。后来，我看到周总理的内部讲话中说，中缅边界问题的解决是吴努打下的基础，他有很大的功劳，但他始终没有解决问题，是奈温最终解决了这个问题。

这里顺便讲一讲奈温将军赠送我一块劳力士女表的事。1959 年底，本来组织上已通知我要调驻缅甸使馆工作，于是我和莲芳在 1960 年 1 月 23 日领了结婚证，并打算在我去使馆前把婚事办了。这时，接到司里通知，要我先接待奈温将

1960 年 10 月 1 日，在天安门城楼上（左后一为作者）。

军访华并担任翻译，推迟婚期和去驻缅使馆的时间。就这样，一直到奈温访华结束的前一天，1 月 28 日下午宴会结束后，外交部副部长章汉夫当着我的面，主动对奈温将军讲，我因接待将军访华的工作而推迟了婚期。奈温将军听到这一消息，立即主动与我亲切握手，并向我表示祝贺。奈温果然是个细心人，回缅甸之后，将一块劳力士女表交给驻缅大使李一氓，指明要李大使将这块表转送给我，作为他送我们的结婚礼物。

1960 年 5 月下旬，我到驻缅使馆赴任，李大使对我说，奈温送了你一块表作为给你们的婚礼。使馆同意，这块表就不用上缴了，留做纪念吧！随后我利用一次与奈温将军见面的机会，还当面向他致谢。就这样，莲芳手腕上一直戴着这块象征中缅友谊的手表。直到“文革”时，外交部要求外宾赠送的礼品一律上缴，我们只好将这块戴了 7 年的手表上交了。

言归正传，显然，如果当时不是奈温将军的决断，中缅边界问题还不知会拖到猴年马月呢！正因如此，1960 年 10

1960 年 10 月 2 日，在先农坛体育场的庆祝大会上。

月 1 日，中缅双方在北京签订《中缅边界条约》，周总理在邀请吴努总理的同时，还邀请已不是总理的国防军总参谋长奈温将军，于 1960 年 9 月 29 日与吴努总理分乘我国派出的两架专机来华参观访问，并出席 10 月 1 日的国庆观礼（我当时奉命从驻缅使馆临时回国，专门担任奈温将军的翻译，并在《中缅边界条约》签订之时，在 1960 年 10 月的《世界知识》杂志上以笔名沈勒发表了题为“中缅和平共处的光辉榜样”的文章）。应该说，周总理的这一决策不仅考虑到奈温将军对解决中缅边界问题的贡献，同时也考虑到了缅甸政坛上当时各派力量消长的情况，是深谋远虑的。周总理还专门在西花厅设家宴，请奈温将军一行吃淮扬菜。由此也可看出周总理考虑和处理问题何等细腻和周全。很少接待外宾的林彪也破例出面，设便宴招待奈温将军夫妇一行。这些安排都体现了当时中央决策的高瞻远瞩，并被缅甸后来的政局发展所证实。

第四章　又回驻缅使馆

1960年3月,我回甪直老家探望老母亲。5月,时隔4年,我又重回驻缅使馆工作,与程瑞声对调,他回外交部第一亚洲司工作。他从1952年起在驻缅使馆一口气工作了8年之久,该回国了。这次去使馆,我被提升为最低一级的外交官随员。

我与莲芳新婚燕尔就劳燕分飞。莲芳是缅语干部,我们又是夫妇,而使馆当时又缺缅语干部,我本以为她不久就会调来使馆工作。果然,刚到使馆不久,李一氓大使就通知我,外交部通知,莲芳将调来使馆工作。得知莲芳要来使馆工作的消息,我满心喜欢,因为这是自己梦寐以求的事,心里憧憬着她来使馆后的工作和生活安排。

使馆研究室编制为5人,而当时包括我在内仅4人,还有1人正虚席以待。我心想莲芳来使馆后正好安排在研究室,这样可减轻我的工作负担,至少她可以分担我每天翻译缅文报刊材料的工作了。

万万没有想到,李大使前脚说调莲芳来使馆工作,但一转身似乎就变了卦。后来他又对我说,国家因经济困难,外汇短缺,为了压缩使馆编制,莲芳暂时来不了使馆了。这个消息对我来说犹如当头泼了一瓢冷水,我想不通,可又无能为力。

当时我在使馆的工作十分繁重,相当于一个人干两个人的工作。除了研究室的日常工作外,我还是大使的缅语翻译,同时每天早饭前要翻译和刻印出《要闻摘译》和《要论摘译》这两份内部材料。

1961年1月，莲芳为访缅电影代表团做口译，我们在驻缅使馆院子里留影。

每天要完成的这两份油印材料，每份大概有1000—2000字，这是一个长年累月、没有节假日的活。如果莲芳来使馆工作，正好分担我这部分工作。因为当时中缅关系正是最热乎的时期，双方互访人员络绎不绝。李大使差不多一两天就有一场与缅方领导人的会见，之后，我就得写电报，再写谈话纪要，忙得我喘不过气来。

由于长时间高强度的工作，我的身体免疫力下降，先是患甲肝，全身黄疸，尿呈茶色。1963 年 3 月，我不得不专程回昆明，在昆华医院住院治疗将近 1 个月后，急忙又回使馆继续投入工作。工作了不到 2 个月，身体终于垮了下来。我整宿无法入眠，即使服用安眠药，更换就寝场所，从 1 号院换到 94 号院，再换到大使官邸，均无济于事。最后，我一到晚上就对黑夜充满了恐惧和焦虑，精神恍惚，经医生诊断是得了疲劳综合症。

当时正值刘少奇主席即将首次访缅，需要我担任口译。使馆领导要我继续留在使馆工作，可我自觉身体状况不支，无法胜任刘主席访缅的口译工作，不得不向使馆领导提出回国休假养病的请求。使馆领导一开始还想挽留，可我仍坚持要回国。最后，领导勉强同意了我的请求，我于 1963 年 4 月从使馆回到北京。

那个年代的使馆翻译

20 世纪五六十年代，使馆的外交官、特别是一秘以上的外交官多数不懂外语。当时七八十人的驻缅使馆，能讲英语的也就六至七人，懂缅语的三至四人（其中一人是华侨雇员）。

仰光有三四份华侨办的华文报，但刊登有关当地的消息有限；缅文报纸有十多份，如《曼岱报》(自由同盟机关报)、《缅甸新光报》《镜报》《汉沙瓦底报》《孔雀之声报》和《吞日报》等。另有三份英文报纸。

正是在这种背景下，使馆内部搞了两份内部参考材料——《要闻摘译》和《要论摘译》，供使馆领导参考。前者摘译缅报有参考价值的消息，每篇约2000字左右；后者摘译缅报的社评或专论。印象最深的著名专栏作家名为“两头尖”，以犀利的评论著称。这个参考材料字数少，约1000字左右。

使馆上班时间一直是上午9时。这两份刊物，尤其是《要闻摘译》，领导规定必须在上午9时前摘译完成，这样可让使馆领导及时了解驻在国的政治动态。

那时还没有电脑，所以全部靠一支铁笔、一块钢板。先将专用的蜡纸放在钢板上，然后用铁笔在蜡纸上刻字，之后将刻好的蜡纸放置到滚筒油印机上油印。刚在蜡纸上刻字时，轻重的力度往往掌握不好，用力大了，印出来油墨过多，字迹模糊；用力小了，字迹不完整。

这是一份苦差事。因为报纸有极强的时效性，我必须在清早（一般在早6时左右）报纸一到时就起床。当别人还在睡梦中时，我便要匆匆下楼，到大门口去取当天的报纸。

做这件事最主要的是始终要紧跟驻在国的形势发展，才能在浏览如此多的报纸消息时，分辨哪些消息有参考价值，决定取舍。接着我就动手直接刻蜡板，一气呵成，根本不可能打什么草稿，这样可以在上午9点前先完成《要闻摘译》。《要闻摘译》印出后，我还得立即将他们分送到每位领导的办公桌上，完成之后才能安心吃早饭。

因为这是一项长年累月的工作，所以我基本上没有什么节假日，同时养成了早睡早起的习惯。那个年代，一般使馆人员晚间没有什么活动，不是看老掉牙的香港电影，就是打麻将牌。由于要早起，所以这种休闲活动，我只能适可而止，晚上10点一定会上床睡觉。因此，我成了使馆起得最早的人。

如果一个人只做这一项工作，精力倒还绰绰有余。可是除此之外，我还得做大使的口译和负责研究室的工作，这样，我的负担就加重了。长此以往，我患上了疲劳综合症，可以说，那3年多是我一生中最劳累的一段时间。

现在的驻外使馆，外交官基本都会外语，特别是当地国家的非通用语言，一般进行对外交往时无需翻译，也能看懂当地的外文报纸，只有重大会谈时才需翻译。

清剿缅甸境内国民党残军的故事

1950年2月20日，云南省解放了，但解放军仍在追剿国民党残军。李弥所属第8军93师（师长段希文）278团和第26军的一部分总共1400多人，以及地方武装700多人，逃入了缅甸境内。

那里是崇山峻岭，森林茂密，交通不便，缅军当时又忙于打内战，无暇顾及国民党残军，他们便利用这一有利地形和时机，在当地扎下了根，并逐步坐大，一度曾扩充至2万多人，占据了掸邦的大片领土。他们的力量最大时，占领了缅、泰、老三国交界的整个金三角地区，东接我国云南省，西与泰国、老挝毗连，面积达3万多平方公里，人口扩充至30万，俨然已成为国中之国。

这股国民党残军当时成为国民党反攻大陆的主要寄托。20世纪50年代初，他们不时对云南省进行骚扰，一度还曾占领过云南的一些边境县城，气焰嚣张。他们一般采取打了就跑的策略。由于有边界阻隔，解放军不便越界追剿，所以也奈何不了他们。就这样，这股势力逐渐成为中缅关系中一个久拖不决的老大难问题。

1950 年 6 月 8 日中缅正式建交之后，首任驻缅大使姚仲明曾就缅方容忍国民党残余势力盘踞缅境的问题，向缅方表示过关切。

1953 年 3 月，缅甸政府曾动员本国骁勇善战的克钦族步兵 8000 多人，又从印度花重金招募雇佣兵约 4000 多人，企图驱赶这股残军。然而经过三昼夜的激战，缅甸正规军居然败在了国民党残军手下。此后，缅方对国民党残军再没有发动过较大规模的军事行动。

于是，缅甸政府改变做法，将此事告到联合国，寄希望于联合国解决问题。联合国安理会一度曾通过正式决议，要求国民党残军撤出缅境。为敷衍这一决议，当时美国曾派飞机去缅甸北部，帮助国民党将残军撤回台湾。其实这不过是做做样子而已，只撤走了一小部分人。

为了掩人耳目，做到表面上与这股国民党力量已无干系，台湾当局将其更名为“云南人民反共救国军”，暗地里却派亲信——“山地游击专家”柳元麟到缅境加强领导。

缅甸政府眼见问题解决无望，就开启了“控诉”模式，年年向联合国提交“控诉书”，要求国民党军撤出缅境（我曾在缅甸政府书店多次翻看过这些印制精美的“控诉书”）。可是，老调年年谈，问题依然在。当时国民党还霸占着安理会常任理事国的席位，结果也就可想而知了。当然，缅甸这一做法，也有敷衍我国的意思。这样，问题一拖就是近 10 年。

1960 年 1 月，中缅两国签订了《中缅边界协定》，这个问题终于迎来了解决的转机。根据该协定，两国成立了中缅边界联合委员会。1960 年 6 月下旬，该委员会在仰光举行了第一次会议，就中缅边界的勘察、竖立新界桩和修订、改立旧界桩等问题进行磋商。中方首席代表为我国首任驻缅大使、后任我国外交部条约法律司司长的姚仲明。缅方首席代表为缅国防军副总参谋长昂季准将。当时我在驻缅使馆工作，参加了这次联合边界委员会首次会议的口译工作。

在会谈中，姚大使根据周总理的指示，向缅方表示，云南解放时，国民党残部千余人逃窜缅甸，盘踞掸邦地区。他们不时骚扰中国边境，对缅甸居民为非作歹，而且还可能受帝国主义的唆使，破坏中缅联合勘界。为保护勘界人员的安全，必须对国民党残部给予必要打击。

缅方代表听后欣然同意，还说，缅甸政府对国民党残军干扰勘界工作也深感忧虑。于是，双方一致同意携手打击缅甸境内的国民党残军，以绝后患。

根据双方达成的这一共识，1960 年 11 月，云南省军区副司令员丁荣昌少将与我国总参作战部边防处处长成学俞大校，在昆明同缅军代表举行了中缅边界联合委员会警卫问题专门小组会议，并签署了《中缅勘界警卫问题协议》。该协议规定，为执行警卫作战任务，中方部队根据需要，可进入缅甸境内 20 公里。清剿国民党残军的行动，中缅双方应在同一时间进行，暂定于 1960 年 11 月 22 日左右。

协议签订后，云南军区立即制定警卫作战方案，确定以 3 个战斗群，22 个突击队，奔袭国民党残军 16 个据点。缅方出动了约 1 万余兵力。

考虑到中国军队进入缅境的作战行动，可能会引起东南亚其他国家的恐慌，为了减少这次出境军事行动的冲击强度，毛主席明确指示：作战行动应严格限制在 20 公里以内，甚至说："谁越过红线就杀谁的头！"总之，要将这次行动的冲击强度尽量降低。

1960 年底至 1961 年初，正是缅甸一年中气候最好的季节，温度不高不低，又不下雨。由云南省军区派出五个团一个营的兵力，前后分两次进入缅境清剿国民党残余势力。其中第二次出境的解放军应缅方要求，越过了 20 公里进行追击。

联合军事行动取得了胜利：击毙敌师长 2 名，俘虏副师长 1 名，共歼敌 740 多人，捣毁了敌军经营 10 多年的巢穴，收回了 3 万多平方公里土地，解放了 30 余万人口。大部分国民党残军被击溃打散，流窜到泰国境内。联合军事行动彻底解决了这一困扰中缅关系近 10 年并影响我国边境地区安宁的老大难问题。

1961 年 4 月，吴努总理应邀来云南度假，与周总理在 4 月 18 日发表了联合公报（当时驻缅大使李一氓和作为翻译的我，一起陪同吴努总理一行，乘坐我国派出的专机，从仰光直飞云南保山）。联合公报中提到，中缅两国政府同意"必要时将协同合作解决缅甸境内国民党残余部队问题"，从而向全世界正式公开了中缅两国将联手彻底解决这一困扰中缅两国多年的问题。其实，两国联合清剿军事行动，早在该联合公报发表前 2 个月就已胜利结束。

缅方后来在仰光隆重举办了一个展览会，展出了那次清剿行动缴获的武器弹药和文件。当地报刊、电台大张旗鼓地宣扬两国联合清剿行动的巨大成果，还专门邀请各国驻缅武官参观。

此后，原国民党段希文 93 师的残余力量逃入泰国境内。

1960 年 7 月 4 日，作者在驻缅使馆为吴努和中缅联合边界委员会中方主席姚仲明做翻译。

当时，有一支泰国少数民族反叛武装长期盘踞在泰国北部的崇山峻岭中，他们凭借地理优势，屡次击退了泰国正规军的进攻。

泰方对 93 师这部分残余武装力量先是围而不攻，继而与之谈判，派他们去泰国北部清剿躲在丛林中顽强抵抗的这支少数民族反叛武装。结果，那股无法被泰军征服的少数民族反叛武装，却被这支逃亡中的国民党残军彻底打败了。泰方为表彰他们的军功，在 1970 年招安收容了他们，准许他们加入泰国国籍，并就地安置在泰国北部清莱府海拔 1300 多米的美斯乐地区。从此，这支流落他乡的国民党残军逐步融入了泰国社会，而这里也成为一个非常特殊的华人地区。

这些昔日在异国他乡为国民党卖命的中国人（其中大部分为云南籍），从此在这处世外桃源繁衍生息，开荒种地，并以中国人的勤劳和智慧，闯出了一片天下，种植远近闻名的乌龙茶，后来，这里还成为了泰国著名的旅游胜地。

他们先人的墓地一律朝北，遥望自己的故乡，思乡之情令人动容。他们还在当地为已故的师长段希文修建了陵园。台湾著名作家柏杨曾以此为素材，写了一部描写这群人自力更生、奋发图强的小说《异域》，并成功改编成了电影。

这批人尽管与我们的信仰不同，但其精神可嘉，都仍然保留了一颗中国心。

奈温政变的前前后后

1962 年 3 月 2 日深夜，奈温将军发动军事政变，推翻了以吴努总理为首的民选政府。奈温这一次政变比 1958 年 9 月 26 日的那一次“温和的政变”彻底得多：将前政坛高官统统抓起来；解散国会；废除 1947 年建国宪法（该宪法规定，各少数民族邦区在该宪法颁布实施 10 年之后有权脱离缅甸联邦），实行党禁；废除原来的国号“缅甸联邦”，改为“缅甸社会主义联邦共和国”；推出了“缅甸社会主义联邦共和国宪法”；废除了原来的国会两院制，建立“人民议会”一院制；成立“缅甸社会主义道路纲领党”。奈温通揽党政军大权。当时我正在驻缅使馆工作，亲历了这次政变。

奈温将军的这次政变，可以说我国高层领导是预计到的。当然，我们不可能预知奈温会利用我国两个代表团同时访缅的这一时机发动军事政变。

当时正在缅甸访问的代表团，一个是中国芭蕾舞团，是

1960 年奈温担任看守政府总理访华时亲自邀请的；另一个是吴努政府邀请由叶季庄部长率领的中国贸易代表团。

中国芭蕾舞团是奈温出面邀请的，他尽地主之谊无可非议，但他对芭蕾舞团表现出了异乎寻常的热情，身为缅甸国防军总参谋长，他几乎每场演出必到，远比总理吴努和文化部长的出场率高得多。

不仅如此，奈温还专门邀请全团数十人到他位于茵雅湖畔的官邸玩了一整天。为此，他事先在院子里大兴土木，精心搭建了小舞台，又在湖畔搭建起了众多风格迥异的各式缅甸美食小屋，吃烤肉、烤麂子等野味。兴之所至，身穿花衬衣的奈温，甚至还与几位芭蕾舞团女演员翩翩起舞，一起跳起了交谊舞。他给人的印象是似乎正忙于接待中国芭蕾舞团呢！

就在准备发动军事政变的那一天晚上，奈温夫妇还兴致勃勃地观看了芭蕾舞团的演出。晚上 10 点多演出结束后，他还煞有介事地专门对团长陈锦华说："明天我要到外地去视察，几天后回来再来看演出。"后来的事态表明，这只是他故意迷惑政敌放出的烟幕弹而已。实际上他回去后不久，即在 3 月 1 日午夜、3 月 2 日凌晨下达了政变令，抓捕了吴努等内阁要员，而且立即控制了全国整个局势，兵不血刃。

缅甸政府突然更迭，各国立即面临着对奈温新政府是否要予以正式承认的问题。使馆领导进行了分析，认为无论奈温还是吴努都会抓住中缅友好的旗帜，但吴努不掌握军队，单靠其内部意见分歧的党，力量薄弱，经此打击将一撅不振，而其他力量在可预见的将来，也不足以威胁到奈温。这样，在缅甸政坛上就将形成军人力量一派独大的局面。奈温在军队中的权威，使他可以左右缅甸政局。

1960 年 9 月 27 日，奈温将军到达北京机场，周总理迎接（后为作者）。

所以使馆建议国内应尽快承认奈温政府。中央很快复电，同意并指示当时还在仰光访问的叶季庄部长代表中国政府约见奈温将军，亲自传达中国政府对奈温政府的正式承认。当时我是叶季庄部长的翻译，成为中缅关系中这段重要历史的亲历者和见证人。

那天，奈温将军在缅甸国防部德贡宫（Dagon House）接见了叶季庄部长，他身着一身崭新的缅军上将戎装，容光焕发。当听到我国政府承认以他为首的缅甸政府后，他非常高兴，连连说："这是最重要的！"因为他知道首先得到缅甸这个最大邻国——中国承认的分量。

第二天，缅甸媒体就在头版显著位置发布了我国承认奈温政府的消息。在我印象中，我国虽不是第一个承认奈温政府的国家，但也是靠前的几个国家。而美国为首的西方国家，一开始就对政变后的奈温政府实行抵制和制裁。

妙手回春孙大夫

1962年3月2日，奈温将军发动军事政变推翻吴努政府之后，成立了缅甸革命委员会和缅甸社会主义道路纲领党，自任党、政、军一把手，大权独揽，政务繁忙。

大约在1962年下半年，奈温在一次会见李一氓大使时称，他的右手和小胳膊发麻，写字困难，甚至影响到在文件上签字。到了夜晚小胳膊酸疼，不得不以身体用力压迫小胳膊才能缓解疼痛，十分影响睡眠。

得知这一情况后，李大使即电告国内并建议派一位著名针灸大夫给奈温治病。不久国内即复电，同意派中医研究院针灸研究所的针灸名医孙震寰大夫赴缅甸。孙大夫是国内外著名的针灸权威，有一本介绍世界名医的英文书还专门介绍了孙大夫。他还曾给越南范文同总理患有精神病的夫人治过病。

于是李大使去征求奈温的意见，告知他孙大夫乃中国著名老中医，专为中国领导人看病，很有经验。奈温同意一试。奈温从来只相信西医，自己的体检一直在欧洲进行，从未接触过中医，更不用说针灸了。他每隔一、二年就到瑞士或奥地利去医病或做体检。显然，这次奈温只是盛情难却，试一下而已，似乎对治愈疾病并不抱多大希望。不久孙大夫到达缅甸，吃住完全由缅方负责。

孙大夫在仰光的主要活动都是由我做口译。孙大夫身材魁梧，浓眉大眼，圆脸庞，说话声音洪亮，戴一副玳瑁色眼镜，是典型的北方人，看上去大约40多岁。

给我印象较深的是孙大夫第一次给奈温看病的情形。孙大夫和我两人一起驱车去奈温官邸，一到官邸，奈温的副官即把我们引上二楼奈温的起居室。那是一间足有四五十多平米的大房间，周围有一圈沙发，靠墙有一张方桌。奈温及其夫人杜钦眉丹都在场。

略作寒暄后，奈温介绍了他手和胳膊的病情。孙大夫当即给奈温号了脉，告知其经络略有不通，针一个疗程，7天即可缓解，再针一个疗程即可痊愈。接着孙大夫就开始给奈温扎针。针完一次后，奈温马上感到酸痛缓解了许多。奈温随后问孙大夫，他的饮食起居生活有什么禁忌或需要注意的，孙大夫当即告他尽量不吃辛辣食物，另外要他节制性生活。奈温夫妇听到后一句医嘱，相视片刻后报以哈哈大笑。

奈温在治疗期间会去外地视察，为不中断治疗，孙大夫随奈温去了外地。事实上，一个疗程下来，奈温的病情已基本痊愈，手和胳膊的正常功能都得到了恢复，效果出乎奈温的意料，奈温夫妇非常高兴。期间，奈温偶犯牙疼，孙大夫针灸一次就不疼了，这更使奈温感到针灸的神奇疗效，对针灸佩服得五体投地。

后来，奈温提出要孙大夫给缅甸国防军的军医讲几次课，要在缅军中推广针灸。孙大夫于是编写了讲义，讲义立即由使馆的华侨雇员译成缅语，然后由缅方安排请孙大夫去讲课，讲课的翻译则由缅方自行安排。

由于针灸可以治疗很多病，奈温的手臂酸痛病虽然很快治愈，但日常的保健似乎已离不开孙大夫的针灸，即使去外地，奈温也要孙大夫随侍左右，在犯一些小毛病时即能手到病除。因此，后来奈温向我方提出，想挽留孙大夫担任其私人保健大夫。

1962 年，李一氓大使应邀访问掸邦首府东枝（后右二为作者）。

孙大夫是我国领导人的保健大夫之一，不可能专任奈温的保健大夫。这个请求经请示国内未予同意，以孙大夫国内还有任务，以后如有需要还可再来为由，婉言谢绝了奈温。奈温无奈，遂在其官邸专门请华人厨师做了一桌丰盛的美食为孙大夫隆重饯行，又送了孙大夫不少礼品。

通过这次工作，我也结识了孙大夫。当时我的睡眠情况已出现障碍，孙大夫知道后马上拍拍胸部对我说："我给你按摩一下，保证你今天中午睡个好觉！”我将信将疑，就让他给我按摩。他主要是按摩我的头部和脸部，按摩了 15 分钟左右，我已睏得眼皮都耷拉了下来。一上床就呼呼大睡，中午竟睡了 2 个多小时。这是从未有过的情况。

由于工作压力太大，1963 年 4 月，我终因患疲劳综合症和甲肝提前回国休假。回到北京后，我即去北极阁针灸研究所（这是他回国前告诉我的）找孙大夫，他给我开了几副中药，又针灸了几次，我的病情就根本好转了。

此后，我就再也没有与他联系。近闻孙大夫于 2014 年突发心脏病去世。他留下了一本《针灸心悟》的学术著作。可惜我国失去了一位医术高超的好大夫！

缅甸政坛上的一对冤家对头

20 世纪 50 到 80 年代，吴努和奈温是缅甸政坛上不断较量的两位重量级人物：前者是自由同盟主席、开国总理，前后掌权十多年；后者曾是缅甸国父昂山将军的左膀右臂，是号称“缅军之父”的缅甸国防军总参谋长。

奈温将军公开干预政治始于 1958 年。那年，执政十多年的自由同盟在全国代表大会期间，公开分裂为两派：一派以吴努总理和德钦丁副总理为首，另一派以副总理兼国防部长吴巴瑞和副总理兼工业部长吴觉迎为首。

就在自由同盟两派内斗得不可开交之际，8 月，缅甸国防军总参谋长奈温将军以“防止国家分裂”为由，逼迫吴努交出政权。

当时，奈温将军还给吴努留了点面子。表面上是吴努主动致信奈温将军，自愿请奈温将军出山担任看守政府总理，任期至1960年2月。在1960年全国大选后，政府将政权交还给大选中获胜的一派。从此，奈温与吴努结下了梁子。

尽管奈温将军兑现了承诺，在1960年2月全国大选后，将政权交还给了大选中获胜的吴努一派，但他心有不甘，只是等待有利时机而已。

1962年3月，他终于发动军事政变，夺取了政权，把吴努赶下了台。而这一次政变比1958年的那次彻底得多：废除了1947年建国宪法；解散了议会，取消了西方式议会两院制；成立的“缅甸联邦革命委员会”取代了吴努政府；吴努等一批高官被拘捕并长期遭到软禁。

紧接着，奈温又宣布实行一党制，组成了以他为首的“缅甸社会主义道路纲领党”，禁止任何其他政党参政议政。同时颁布了据说是由退出缅共的人员捉刀的《缅甸社会主义道路纲领》。其实，奈温在缅甸获得独立前，一度曾以德钦秀貌的名字加入过缅共，后来又退出了。所以他要搞“缅甸社会主义道路”也不奇怪。

吴努被奈温监禁了4年多，于1966年10月获释。接着吴努流亡国外（主要定居在印度，后又去美国与儿子团聚了几年），到1980年7月才回到缅甸。他在国外前后流亡了近15个年头。

据我观察，奈温将军主观上还是想谋求缅甸经济的更快发展：1963年他接受我国领导人的建议，曾尝试与缅共进行和谈，实现国内和平，但最终在“放下武器”的问题上谈判破裂。而他竭力推行的缅甸社会主义道路也走进了死胡同。

西方国家对缅甸实行禁运和经济制裁，更加重了其经济危机。到 1987 年 12 月，缅甸竟倒退到被联合国宣布为“最不发达国家”之一，人均国内生产总值不足 180 美元。1988 年春夏，全国终于大乱，老百姓走上街头要求军政府下台。统治缅甸 26 年之久的奈温被迫宣布辞去党政军最高职务，黯然下台。

当时，我正在驻缅使馆工作。十分巧合，我既近旁亲自见证了 1962 年 3 月奈温将军政变成功，成为缅甸政坛的主要领导人，26 年后，我又亲眼看到他宣布辞去党政最高职务。

吴努则书生气十足，当时他还想靠一派之力，乘此乱局重整旗鼓，夺回失去的政权。一天清晨，他派其女儿杜姗姗努亲自送信给我国驻缅使馆，要求我国政府承认被奈温推翻的、以他为首的民选政府。说来也巧，那天清晨，我正在使馆大门口，看到一位缅甸女士匆匆朝我跑过来并交给我一个大信封，之后又快步上车离去。我突然觉得这位女士好脸熟啊，似曾见过面。啊？！这不是吴努的女儿吗？是的，就是她！这封信正是从杜姗姗努手中（1960 年 10 月签订《中缅边界条约》时，正是她陪同其父吴努一起来华的）接过来的。但当时与缅甸建交的所有外国政府，对吴努的这一呼吁无一作出响应。

由于工作关系，我为缅甸政坛这两位重量级人物都做过无数次口译，有过近距离观察，尤其对奈温将军，60 年代接触的机会更多，我多次去过他在仰光茵雅湖畔的官邸。我觉得吴努和奈温两人无论从性格还是处事风格上都有很大差别。

吴努是地地道道的缅甸知识分子精英，能说会写，英语、缅语都很好，有文学修养；他从不赞成社会主义，主张“混合经济”；他又是虔诚的佛教徒，定期吃斋，会用巴利文吟诵佛经。他任总理期内的1954—1956年，在仰光修建了专门的佛窟，邀请各国佛教高僧千人来缅进行了佛经第六次结集，这是佛教界的一件大事和盛事；1955年，将中国佛牙迎奉缅甸供人们瞻仰，满足了世代缅甸人瞻仰佛牙舍利的夙愿；1961年8月，他又宣布将佛教定为缅甸的国教。

但是吴努行事优柔寡断，摇摆性大，这是他的一大弱点。他对少数民族闹独立的行动，始终不敢采取果断行动。

奈温是军人作风，处事敢于决断，也有政治头脑。例如，他在1958年10月担任看守政府总理后，就敢于宣布限制少数民族土司的封建特权，削弱了分裂势力，尽管当时各少数民族邦区从法理上仍有脱离联邦的权利。到1962年3月政变成功后，奈温立即宣布废除1947年宪法，从而在根本上剥夺了少数民族邦区脱离联邦的权利，保住了缅甸国土的完整和统一，这不能不承认是奈温将军对缅甸的一大历史功绩。

再如在解决中缅边界问题上，也反映了两人的处事风格迥然不同。1956—1957年，中缅两国领导人在边界问题上早就达成原则性协议。其中，我方提出以属于中国历史上“永租给英国殖民主义当局”的勐卯三角地，与地处“1941年线”以西的班洪和班老部落被分割的部分辖区交换的建议，这是一个互谅互让的合理方案。但吴努始终不能决断，反映出吴努处事患得患失的特点。而奈温在担任看守政府总理任期即将届满的1960年1月，亲自出马，来华最终解决了这个问题，扫除了中缅边界问题谈判中的最后一个障碍，并立即签订了《中缅边界协定》和《中缅友好互不侵犯条约》。由此，奈温的行事作风可见一斑。

据说，20世纪60年代，在仰光某次社交场合上，奈温

1960 年 10 月 4 日，庆祝《中缅边界条约》签订的缅方招待会上召开。前排左起：陈毅副总理、奈温将军、吴努总理夫人、周总理、吴努总理和缅甸驻华大使觉温，作者在周总理后。

因与副总理吴觉迎产生言语冲突，当众扇了吴觉迎一记耳光，然后扬长而去。这也反映了奈温性格强势的一面。

另外，奈温也善于要手腕。如 1962 年 3 月 2 日那次政变，他利用了我国芭蕾舞团和贸易代表团同时访缅作为掩护，策动政变。政变当天晚上，他不仅来观看了芭蕾舞演出，演出结束后还有意对我国芭蕾舞团团长陈锦华煞有介事地说："明天我要去外地视察，过几天再来看演出。"事后才看出，奈温说这种话是有意放风，要麻痹对方，正可谓兵不厌诈。其实，他一回去就发出政变令，拘捕了吴努等内阁部长，顺利夺取了政权。

奈温的生活方式和作风更与吴努大不相同，他私下曾对我国领导人说，吴努信佛是虚伪的。奈温从不吃斋，生活西化，定期到国外做体格检查。他平时在家喜欢穿花衬衣，与其夫人杜钦眉丹互称"darling"，还会跳交谊舞，这在缅甸高层官场上是少有的。

如今，缅甸政坛的这两位重量级人物都已先后走进了历史。吴努似乎没有留下多少政治遗产，但是奈温将军的政治遗产之一——军队干政被写进了宪法，虽改头换面却延续至今，缅甸军人力量在今后及可预见的将来，仍将是缅甸政坛一支举足轻重的力量。

第五章　再回外交部

1963年，我从使馆回国看病吃药，休养了3个月后，疲劳综合症和甲肝总算痊愈。干部司决定不派我回驻缅使馆，9月，我又回到第一亚洲司缅甸处工作。外交部在豫王坟（光华里）宿舍总算给我们分了房子，尽管还是同别人合住一套。从此，我结束了集体宿舍生活，有了自己的家。我的女儿2岁前一直由外公外婆照看，这时才接回北京，我终于见到了女儿，全家也团圆了。

参加周总理亚非十三国之行

就在1964年2月快到春节时，领导决定要我参加周总理出访亚非十三国的活动，负责缅甸这一站的口译工作。周总理的翻译是程瑞声（当时在驻缅使馆工作），我则为陈老总当口译。

接到通知，我多少感到有点意外。1963年4月，我因甲肝和疲劳综合症要求提前回国休假，使馆领导以刘少奇主席4月17日即将访缅有翻译任务为由，不同意我的要求。但在我的坚持下，领导虽勉强同意了，却认为我是“临阵脱逃”。后来在对我的书面鉴定中，领导认为我政治意识不突出，有个人主义思想。当时，我的心情还比较委屈。

9月病愈后，干部司要我回第一亚洲司工作，凭我在外交部多年工作的经验，这就意味着，领导对我这样的同志得

“冷藏”、考验一阵子再说。没有料到相隔不到半年，领导就让我参加如此重大的外事活动。当时莲芳在北外教缅文，我妈妈正从南方老家来北京看我们，我碰巧要执行任务，只能把她老人家一个人留在位于豫王坟的家里。

周总理在陈毅副总理、外办副主任孔原和副外长黄镇等的陪同下，于1963年12月13日开始出访非洲。那是新中国成立后，周总理首次连续出访非洲10个国家。1964年2月3日正值春节，而周总理还在索马里访问。4日，结束访问之后,他才风尘仆仆地回到成都。前后55天的紧张访问和会谈，需要休整一下，周总理一行在成都休息了10天左右，接着再出访缅甸、巴基斯坦和锡兰（即现今的斯里兰卡），而缅甸是亚洲三国中的第一站。

我一人从北京飞到成都，四川省交际处派人把我送至省委的一处招待所。那是一个大院，里面有多栋小楼。周总理和陈老总都已住在这个大院里。联欢会上，我见到了周总理。陈老总一见到我就开玩笑说，“当当飘飘”来了。“当当飘飘”在缅语里是“热烈”的意思。陈老总这么称呼我是有原因的。1960年10月，陈老总陪奈温将军乘专列从北京到深圳，沿途走了十来天。在各地举办的欢迎宴会上，地方首长的欢迎讲话中经常有“热烈欢迎奈温将军……”之词，于是在缅语翻译中不时出现“当当飘飘”之音。陈老总听多了,就问我“当当飘飘”何意，我告之“热烈”之意。从此，陈老总记住了这个音，一见到我就会顺口叫我“当当飘飘”。

2月14日，代表团乘伊尔-18型飞机从成都直飞仰光。这是一次“走亲戚式”的友好访问。两国之间历史遗留的边界问题已在1960年圆满解决，同时还签订了友好互不侵犯条约，盘踞缅境的国民党残军也已被中缅两军联合清剿，所以两国间已不存在要解决的重大问题。这次访问时间共 5 天，主要在缅甸西海岸的额勃里海滨避暑胜地举行。

额勃里是缅甸西海岸若开邦一个濒临孟加拉湾的小镇，因有良好的沙滩、宜人的气候而闻名。几千公里以外的北京还是北风瑟瑟，而这里则是一派南国风光。会谈不拘形式，地点就在海滨的一棵大榕树下。榕树树冠很大，遮挡了热带的烈日。树阴下放了一圈藤编沙发，还有一些小茶几。程瑞声做翻译，我做记录。

印度洋上吹来的徐徐凉风，犹如瞌睡虫一般催人进入梦乡。不一会儿，陈老总果然鼾声渐起，周总理和奈温见后相视微微一笑，不忍惊醒他。大概就是因为有那么一小会儿没有了谈话声，似睡非睡的陈老总睁开眼睛后说："我听着呐！"周总理和奈温又是微微一笑。

这次会谈实际上没有什么重大议题，主要谈加强两国双边关系和交换对国际形势的看法。其中比较主要的是谈中印边界问题。

当时中苏关系已公开破裂。奈温不像吴努那样亲印度，周总理抓住机会，阐明了我国对该问题的立场，表明我方主张中印双方应进行直接谈判。其实在中印边界问题上，我国一直与奈温政府保持密切沟通，争取奈温的支持。此前，我国还曾专门派黄镇副外长作为周总理特使来缅甸向奈温当面解释（那次黄镇特使见奈温时，我是翻译）。周总理利用这次机会再次做奈温的工作。因此在中印边界问题上，缅甸官方始终保持缄默，从未公开批评过我国，这在当时是难能可贵的。

1964 年 2 月 16 日，周总理与奈温在额勃里海滩会谈，照片中间的背影为作者。

周总理谈的另一个问题是针对当时西方谴责奈温搞军人独裁专政的。

当时奈温经过不流血的政变夺取政权还不足 2 年。奈温在所谓的“社会主义道路纲领”的指导下，对外仍保持中立不结盟政策；对内一方面宣布取消各邦土司的封建特权，另一方面大搞“一刀切”的国有化，不仅对外资和私营企业实行国有化，就连小商小贩也不放过，把大小经济活动统统掌握在政府手里，管得太死。党、政、军、经，均由各级军人一把抓，结果树敌过多，民怨日增。所以周总理针对这种情况，做奈温的工作，要他循序渐进，不可操之过急。不过，从事后看，奈温对周总理的话没有听进去多少。

额勃里的设施比较简陋，就在临海（大约离海 100 米左右）修建了七至八栋木质结构房屋。房前是有屋檐的廊，可放几把椅子和茶几，里面即是卧室，后面是可淋浴的卫生间，十分适合热带的气候条件。周总理、陈老总和奈温每人住一栋房，工作人员三至四人住一栋房。从屋里眺望大海，目光所及之处，可见一艘缅甸海军军舰在近海处警戒放哨。

这里远离城市喧嚣，仅有印度洋那带节奏的涛声以及椰树和榕树的树叶随风发出的沙沙声。下午，奈温和陈老总一起下海游泳，之后又在海滩上踢了一阵足球，玩得很尽兴。

我也下海游了一阵，心想到了印度洋边，下去游一下，也算不虚此行。结果下海后才发现海面上有不少像鼻涕样的小水母，开始我不予理会，可游了一会儿，才发现这种小东西会蜇人，我被蜇了几下，身上又痒又痛，还起了一个个小红点，真让人有点扫兴。

周总理一行于 18 日结束对缅甸的访问，与缅方发表了联合公报之后，继续巴基斯坦之行。我在仰光逗留了一周后即乘班机回北京。

周总理秘密访缅

1964 年上半年，缅甸军人统治集团内部因国有化问题发生矛盾和分裂。先是奈温政府二号人物昂季将军因与奈温在国有化问题上意见相左（前者主张实行“混合经济”），挂冠而去。不久，空军司令克利夫特准将也辞去全部职务。到了 1964 年 7 月，盛传昂季将军遭暗杀、受枪伤……缅甸国内局势出现动荡，谣言四起。正是在这种情况下，毛主席在一份内部材料上批示：“总理：应当积极争取奈温，请你考虑决定，在四五天内发出指示。”

毛主席的批示传到外交部后，部里面临的问题是如何落实和贯彻这一批示。司里正在开会研究之际，周总理那里传来了消息：周总理与陈老总马上要去仰光访问一天，要司里立即准备出访材料。于是我赶紧起草出访方案。

周总理和陈老总在那一年的2月刚访问过缅甸，与奈温将军在额勃里海滩进行了深入会谈。时间还不到半年，7月10日又要去仰光进行访问。

不过，这次访问是一次秘密访问，时间很短。7月10日—11日总共2天，实际访问时间1天半，不足48小时，但却是在缅甸政局动荡之际，访问存在一定安全风险。为保密起见，双方高层商定，绕开缅甸驻华使馆，周总理一行飞抵仰光后再办理入境签证。

周总理在陈老总的陪同下，主要是去做奈温的思想工作，劝他对国有化不可操之过急，因为急于求成，就会翻船。同时还提醒奈温，要防止发生突发事件。这次会谈时间长达5个小时。周总理在奈温面临危难之时访问缅甸，奈温是领情的，但从事后看，他未必接受周总理的忠告。

不过，周总理这次短暂访问本身，却向奈温本人再次传达了一个重要而明确的信息：中国是真诚支持他的。奈温对此心领神会。

周总理访缅结束后，7月11日，双方发了一个简短的中缅联合公报。公报中说："周总理和奈温将军利用这次访问的机会，就两国共同关心的问题和当前的国际问题，特别是有关东南亚的问题交换了意见。"另外，公报还重申"双方根据两国签订的友好互不侵犯条约第三条所分别承担的义务。"第三条的主要内容是"双方承诺不参加针对对方的军事同盟。"周总理这次访缅，由在驻缅使馆工作的程瑞声担任周总理的翻译，我虽然没有随行，但是完全知情。

1964 年 7 月，周总理秘密访缅时与奈温将军在仰光会谈。（照片引自程瑞声著《睦邻外交四十年》）

12 年后的 1976 年 1 月，周总理病逝。奈温在唁电中说："周恩来总理是受全世界尊敬的形象高大的政治家，对我国人民，特别是对我来说，还不止于此。因为他是风云变幻中对我们始终忠诚的朋友。"

不仅如此，奈温还破例在报纸上发表了对周总理的长篇悼念文章。此举对奈温来讲是绝无仅有的。奈温身为缅甸国家领导人长达 26 年，对外国领导人的逝世发过许多官式唁电，但从来没有如此动情过，也从没有在报纸上发表过对外国领导人的悼念文章。了解了前面的情况后，也就不难理解奈温对周总理的感情了。

宦海沉浮话丁吴

1964年10月1日，正值新中国成立十五周年国庆，中缅关系也正处于热络时期。以奈温将军为首的缅甸政府，派出革命委员会成员丁吴上校率领的缅甸政府代表团来华观礼并参加庆祝活动。我担任丁吴上校的全程口译。在缅甸军人领导集体中，丁吴是昂季等重要成员去职后被奈温提拔上来的少壮派，当时年仅39岁。奈温将军对他似寄予厚望，丁吴被提拔后就让他率团来华，意在让他得到更多历练，以便日后接班。我国也是派出了有军人背景的人大常委会副委员长廖汉生全程陪同，接待规格相当高。在北京，丁吴一行下榻京西宾馆。

不知什么原因，那次毛主席没有单独接见丁吴，只在人民大会堂接见各国政府代表团团长鱼贯而入时，与他握了一下手，没有进一步交谈。丁吴于晚间上了天安门城楼观赏了烟火和群众在广场的欢庆活动，我是他的翻译。但在我的印象中，在天安门城楼上他与我国领导人并没有进行实质性的谈话。

这次丁吴一行主要参观了北京郊区的一个人民公社和沈阳的电机制造厂，然后去上海游览了一下市容就回国了。回忆起来，缅甸这次对我国的访问，并没有让我产生独特之感。

但丁吴这位少壮派军人却给我留下了深刻印象。当时他是执政的缅甸革命委员会成员中的“新鲜血液”，年纪也最轻。他犹如缅甸政坛上冉冉升起的一颗新星，精力充沛，年轻有为，干练而机敏，正可谓春风得意。他的年龄仅比我大6岁，可从外表看，却比我还年轻。这次接待工作，是我在外交部工作的20年中，最后一次为缅甸国宾做翻译。

果然，丁吴回国后不久，就被奈温将军提拔为少将，担任最重要的军区司令——缅中军区司令，相当于缅甸国防军的二号人物。不久又出任缅甸国防部长，成为三军总司令。当时缅甸军人领导集体中原来的二号人物昂季将军因与奈温政见不合，已挂冠而去。丁吴少将正可谓步步高升。外界普遍看好丁吴，认为他将是奈温未来接班人的不二人选，前途无量。但老话说“伴君如伴虎”，好景不长，70 年代，因突遭奈温将军猜疑，这位 1943 年就追随昂山将军的军中二号人物遭贬下台，并以“反叛罪”被判刑 7 年，身陷囹圄。他过了数年牢狱生活，1980 年才获大赦出狱。

但是，丁吴此人心态很好。出狱之后，他削发为僧，过了多年佛门寺院的清净生活。丁吴天天打坐，调息呼吸，吐故纳新，之后一直赋闲在家。

1988 年 5 月，我再次调驻缅甸使馆工作。当时缅甸政局已是山雨欲来风满楼，8 月，爆发全国规模的群众游行，要求奈温为首的政府立即下台。统治了缅甸达 26 年之久的铁腕人物奈温终于被迫下台了。

1988 年 9 月，丁吴与昂山素季一起创建了反对军人统治的反对党——全国民主联盟。丁吴成为民盟的重要领导人，辅助昂山素季。使馆意识到，民盟的崛起标志着缅甸政治力量的重新组合，它是唯一能挑战军人统治的一股力量，未来有可能问鼎大权。当时我以朋友身份去他家拜访，还给他送去了中国的茉莉花茶。

他的家在仰光巴汉区，房子相当大，是一栋老式二层小楼，似乎建在一块坡地上，显得比较高耸。但不知什么原因，屋内塞满了杂物，活动空间显得有些狭小局促。

丁吴一行参观沈阳电机厂，左四为丁吴，左五为作者。

不过，这位昔日的少将，尽管政治上长期失意，却完全没有给人落魄之感，60 多岁依然红光满面，气色极佳。问其养生要诀，他告诉我，他一直坚持坐禅调息呼吸，吐故纳新。谈吐间，他显然对民盟的前途充满希望和信心。

他曾表示，打算找当年同他一起访华的朋友与我重叙一次。但后来因缅甸政治形势急转直下，民盟与军人当局矛盾加剧，终无暇顾及叙会之事，我也不便再去打扰他。1989 年，他与昂山素季又分别遭军政府软禁，失去了自由，我与他更是无缘再见了。

那段时间，我还曾拜访过吴巴瑞的一派组织（具体名称已忘）的头头，他们则向我大谈人权高于主权那一套西方论调。言外之意，缅甸军人武力镇压人民，践踏人权，外国（当然指西方国家）有权以维护人权为名进行干涉。不过，这种论调也从另一方面看出他们对自己的力量没有底气，而只想仰赖西方势力。他们与丁吴信心满满的状态形成鲜明对比。

丁吴原来是缅甸军人集团内的大佬，积极主张军人干政，之后又成为缅甸的“民主斗士”，民盟的主要领导人，积极扶助昂山素季登上权力高峰。2015 年，昂山素季正式出山，担任缅甸政府的领导人（只是因为缅甸宪法的规定，离总统还有一步之遥）。90 多岁的丁吴因年事已高，退居幕后出任民盟名誉主席，未在政府中担任任何职务。

我为奈温和丁吴这两位缅甸政坛上充满恩怨的对手，先后都做过翻译，亲历了近代中缅关系史上的一些关键性场景。

峪口村打井

这事发生在 1965 年，外交部四清工作团去山西汾阳县峪道河公社搞社会主义教育运动，简称“四清运动”期间。当时我所在的峪口工作队队长是第二亚洲司的专员葛更夫，政委外交学会的舒凡，队员有孙芳（新闻司）、陈东声（美澳司）、石森伍、唐叶文和我（第一亚洲司）。我们住在窑洞里，与当地老乡同吃同住了将近一年。

出发之前，听到我们要去“四清”的地方叫峪道河公社，心里满以为那里大概有一条河。到了那里才看到，在两边高一、二十米的大块黄土夹持下，确有一条深沟，可里面滴水未见，有的是石块和枯草丛，这就是峪道河。实际上就是一条引山洪的沟渠。据当地老乡讲，所谓峪道河仅是一条季节性河流，平时没有一滴水，但山洪暴发时，水势大而急，能把山上的羊、毛驴等一块儿裹挟冲下来。不过，我在那里待了一年，从没有遇到过这种情况。所以，从严格意义上说，它还算不上一条季节性河流。

峪道河公社的峪口村是我们“四清”工作队的驻在地，离公社很近。它在吕梁山山麓的东侧，山巅有一股泉水，顺着山势修砌了一条不足一米宽的水渠，村民日常饮用和洗漱的水全靠这条水渠。峪口村地处水渠的下游，所以饮用水必须清早就打好，下午渠水就浑浊了。至于庄稼用水只能靠老天爷了，所以种的都是耐旱作物，如玉米（当地叫玉茭）、高粱、糜子等。显然，缺水是困扰该村的一大问题。

工作队进村发现这一问题后，立即报告以刘新权为团长的工作团，建议为峪口村打口水井，请汾阳县水文队来峪口村实地勘察，以确定打水井的具体地点。

汾阳县水文队派人勘察和丈量后，选定了村中一块不大的平地为打井点，水文队告知，地下 10 米以下才能见水，也就是说水井至少得打 10 多米深。

大队贫协主任刘清河挑了十来名男女壮劳力组成了打井队，打井就此开工。那时打井没有任何设备，全靠土办法。三根粗树干系成打井的三角架，中心绑上一个滑轮，一条长长的粗麻绳，一头穿过滑轮并系上一只柳条筐（用于装挖井的土和上下人），绳的另一头有五、六人，一齐拽绳将装满土的筐拉到井边，清理挖出的土，井上拽绳的最后一人会把绳子系在自己的腰间。

一开始，一切似乎很顺利，进度颇快，因为井还不深，拽绳不太费劲。年轻人在一起干活，乐乐呵呵，有说有笑，都憧憬着喝上自己打的井水。因为我们进村后不久，老人就谈起村里缺水的问题，都盼着村里有自己的水井。据说，村里人曾打过几次井，但因选址不当，都以失败告终。村里人也不懂得必须请教水文队，自己随便找个点就往下挖，结果都打不出水，于是就认定峪口村地下根本没有水，祖祖辈辈只能喝渠里的水。

井打到将近 9 米深的那一天，村里一名张姓瘸腿青年自告奋勇去参加打井，因为自知他的一条腿使不上劲，他把绳的一头系在自己腰间，以为这样自己可省些力。哪知井挖到快接近含水层的土层时，土的含水量大大增加，筐中土的体积依旧，但重量骤然增大，加之井上拽绳的青年也不够齐心，说时迟那时快，几百斤重的土筐把井上拽绳的五、六个青年一股劲儿往井下拖。无奈前头拽绳的青年慌了神，只得撒手，只剩下将绳子系在腰间的张姓瘸腿青年，哪里顶得住这股重量，结果连人带筐摔到井下。所幸井下挖土的两个青年机灵，毫发无损，而张姓瘸腿青年倒栽葱式摔下井底，脑袋直接撞在靠井壁的铁锹上，当场死亡。

这样一来，打井不得不停工，总结经验教训。没过几天，村里谣言四起，说什么晚上听到小张在打井工地哭泣；小张天天晚上在井边转悠；得罪了龙王爷会遭报应……眼看打井的事就要半途而废，于是石森伍和我向工作队请缨，我们两人先下去打井，带个头，破除这个迷信，总要让峪口村老百姓喝上井水。

第二天，老石和我把打井队的青年人叫上，我们主动先下井去挖土，他们在井上拉绳子。就这样，在我们的带动下，村里的打井队员又重新鼓起劲开始打井了。打到第三天，井底就见水了，这时我们总算松了口气，实现了峪口村老乡喝井水的夙愿。

第六章 “下放”经历

在茶陵的日子

1969 年 12 月 29 日，我们全家被下放到外交部湖南茶陵五七干校去劳动改造。临走前，我不得不把大部分家具草草廉价处理掉。最为可惜的是在缅甸多年花钱购买且费劲带回国的一大批缅文书籍，只能匆匆作为废纸卖掉。当时女儿 8 岁，儿子才 2 岁。蒙在鼓里的我还十分天真，毫无戒备，以为只是下去劳动锻炼一段时间，以后还会回北京工作的。

事后我才明白，这是一次精心策划的行动。下去的人基本分为两类：一类是审查者，另一类是被审查者。至今我还

勤儿、刚儿在虎踞镇老乡家阁楼上。

姐弟俩在虎踞山头。

清楚地记得，当火车即将从北京站启动时，前来帮忙装行李的同办公室的好心肠的杨紫鑫同志与我紧紧地握手。他禁不住饱含热泪，说了句“老严，多保重！”听到他充满同情心的问候，一时间我竟愣然了，不知道该说什么话好。事后我才回过神来：老杨应该是了解一些内情，只是不便对我讲而已。实际上，他已预感到我们的前途凶多吉少。就这样，我们一家四口，拖儿带女随外交部的下放大军，一起开赴湖南茶陵五七干校。

茶陵五七干校位于湖南茶陵县虎踞镇，原来就是一个劳改农场，他被一条洣江三面环抱（多年后得悉，一潘汉年等也曾被囚禁在这里）。这里主要种茶，有1000多亩茶园，并自设茶厂，唯一通往交通要冲的，是一条到醴陵的80多公里长的沙石路。在这样的交通条件下，一个人有心要逃跑也是困难重重的。

我们到达虎踞镇那天，可能是因为前几天下雨的缘故，地上稀薄的红泥浆足有4—5厘米厚，到处都是泥沼。这似乎是一种不祥的预兆，要先给我们这批倒霉的人一个下马威。人走在路上，一抬脚就泥浆四溅，裤腿甚至后背上都沾上了泥点，出门一趟就得换一次裤子。后来人们因地制宜做了裤套，洗裤套总比洗整条裤子省事许多。当时，只有部分审查者事先了解当地情况，有备而来，带了长筒雨靴。

干校按军事化编组连队，一亚和二亚的人合组成三连，先分住在当地老乡家里，有一个临时食堂（后来才在山坡上为三连盖起了三排平房，自己动手盖了新食堂，打了水井，又盖了猪圈和工具房，我们才从老乡家搬过来）。虎踞镇，仅有一条百米左右的碎石街，唯一的商店是一个供销合作社，里面除少量副食外，还卖一些小点心，如5分钱一个的糖精发饼和一些“猫耳朵饼”，如此而已。另外，每周镇上能赶一次集。我们那时的打扮从外表上看与劳改犯无异，看看我们当年的照片，个个面有菜色，蓬头垢脸的，情况也就不言自明了。

起初的情况似乎还平静，白天大家下茶园劳动，锄草、担水、挑粪。我很卖力，挑120斤的粪或水均可自如地上坡。星期天还放假，我骑着自行车，到10多公里外的攸县去给孩

所谓的五七战士，实际是一群劳改犯（右一为作者）。

子买点东西，有时晚上校部还放个电影，可带孩子一起去看电影。其实那段时间只是急风暴雨斗争前短暂的平静而已。

女儿严勤那时上虎踞小学。由于我的“问题”的牵连，使她倍受歧视和欺侮。一些人的子女耀武扬威，经常在她面前说些不三不四的话，进行侮辱和恐吓，甚至借机敲诈，强横索取属于女儿的画片，不给就动手打。一次严勤竟因此吓得逃回家。这事使我悲从中来，眼泪往肚子里咽，心情久久不能平静。

1971 年外交部宣布，给了我留党察看一年的处分（这个处分，到 1974 年 4 月又宣布撤销）。

文弱书生学杀猪

1969 年 12 月，外交部数百人拖儿带女，开赴湖南茶陵县虎踞镇外交部湖南茶陵五七干校。那个年代吃肉凭票供应，数百人的吃肉问题，一开始靠当地政府的调剂，得到了部分解决，但却总非长久之计。

于是，干校领导决定走自力更生之路，自己盖猪圈，自己养猪。这些事，当然不用干校领导们亲自动手，可以差遣所谓“有问题的人”和“交代了问题的人”去干。没有多久，食堂和猪圈盖成了，水井也打好了。至于猪，小猪娃太小，养大费时间，不合算，就选择买百十来斤的半大猪，养上数月即可“出栏”。

我在被迫交代了“问题”之后，被派去喂猪和管农具。学会了用当地人称之为“满园花”的十字花科青饲料堆贮发酵，做猪十分爱吃的糖化饲料。我还养过鸡，孵小鸡也获得了成功。可惜，小鸡被黄鼠狼盯上，一窝都被黄鼠狼咬死了，白忙乎一场！

猪养大了，就要宰杀。杀猪这样的活本来并没有高低贵贱之分，人人要吃肉，又不能吃带毛猪，当然就得有人杀猪。

干校领导把杀猪这活统统安排给“被审查者”干，似乎这是一种只有“有问题的人”才配干的活，要掌权的“审查者”们干，似乎有失身份。所以，外交部干校当时各连的“屠夫”，都是清一色的“被审查者”。这样的安排，本身就含有了贬损、侮辱“被审查者”的意思，但人在屋檐下，不得不低头！

我所在的三连，被审查者近二三十人，竟无人敢动刀宰猪。我从小在老家镇上看过杀猪，后来还专门请教了虎踞镇的杀猪师傅。民间不是有“死了张屠夫，不吃混毛猪”的说法嘛，那时我 30 多岁，正值壮年，所以就自告奋勇，干了常人不愿干的活。将近 2 年时间里，我前后一共宰了 20 多头猪。

知识分子学杀猪，难免会闹出些笑话。记得我杀的第一头猪有 200 多斤。那天一早，准备要宰猪时，才发现那头猪不在圈里，它似乎有预感，居然跑了！它一路小跑冲到附近的红土坡顶上。发现它后，四五个人紧追不舍，花了半个多小时才把它逮住。后来，我们吸取了这次教训，凡要宰的猪，头天夜里就用绳子拴住其一条后腿。

一次，二连要宰猪，该连屠夫不知何故不能操刀，但风闻三连的屠夫严某（即作者）宰猪利落，大伙儿吃肉心切，就要我去操刀。哪知这次出了洋相，猪杀而不死，直到泡水烫毛的一刻仍呜呜惨叫。因放血不充分，猪肉都呈微红色。

又有一次，是校部的人要吃肉，可猪喂养在三连的猪圈里，所以，一清早，陈某来三连赶猪 (20 世纪 50 年代初，陈某从美国回国，分配在外交部新闻司，1957 年反右运动中被整，一直被视为异己分子，直到改革开放后才被派往世界银行任中国代表）。不知怎么搞的，一赶再赶，那头猪似乎有不祥的预感，愣不往校部方向走，竟一头扎进了三连浇菜地的粪水池，在里面直扑腾。我们几个人费了很大劲才把猪弄上来。由于猪浑身臭气，只好用水龙头反复给它冲洗。最后虽然弄干净了，可总觉得闻着还有点异味，在当时也就顾不得那么多了。

其实，我的宰猪体会是，杀猪还比较容易，难的是剥猪皮。那个年代用猪皮做皮革，所以剥猪皮是个费工费时的技术活，我们一般做不好。剥皮刀是专用工具，它的刀刃是弧形的，不易掌握，往往不是把猪皮割破，就是把猪肥膘一起割下，这样的猪皮会被收购者做降级处理，卖不了多少钱。三连的黄某剥猪皮剥得好，所以每次几乎都是他剥猪皮。另外，宰完猪后，无论是煺毛还是剥皮，都得先在猪的一条后腿上，拉个口子，然后用铁条在皮下捅几下，接着用嘴对着后腿的口子吹气，杀猪师傅直接用嘴吹，使猪身鼓涨起来。我们嫌脏，就用自行车打气筒代替，效果还真不错。

三连的最后一头猪是我宰的，因为干校要撤了，大家归心似箭，都盼着回北京，也没有了吃肉的心情，所以就地挖了个坑，把猪头和猪下水全埋了，只吃猪身子的部分。

我在干校的那几年，正是人生中的好年华，因为在工作上已积累了些经验，体力也好，可以做不少正事的，不过，美好时光浪费在了所谓阶级斗争上了，这是无法弥补的。

“发配”湘潭

至今我还清楚地记得，1972 年 12 月 26 日，正是毛主席 79 岁生日那天一早，干校领导突然和外交部干部司副司长杨某一起，来三排房宣布要调往湖南工作的人员名单，被宣布的人立即出列集合上路。我们全家四口人就这样，乘一辆长途客车从虎踞镇到了湘潭市。与我们同车的还有两家人，其中，一家分配在湘潭市第二中学和湘潭市文化局，另一家被分配到湘潭市师范专科学校。那个年代，三家人的家具和行李都很简单，随车一起运到了湘潭。

用“发配”两字，是因为这样的工作调动是强制性的。当时我还是被定为“敌我矛盾当作人民内部矛盾处理”的人，受到了“留党察看一年的处分”，根本无权提出不同意见。

干校领导安排得不可谓不细，他们唯恐我们中途逃跑，所以在车上特地安排了一名押解人，他就是原第一亚洲司的处长黄某。这位仁兄与我原是同事，平时也熟稔，可这时他一人独自枯坐在靠车窗的一个双人座位上，一言不发，与我保持着距离。我心里感叹：忆往昔同事亲如手足，现如今同车形似陌路。车到湘潭后，他又寸步不离，盯着我们向市委组织部一一报到后，才放心回去交差了。

据说，那一年从茶陵干校分配到湖南各地的外交部干部和家属大约有 300 多人。这次分配实质上是一种惩罚：大体上是按所谓“犯错误轻重程度”分配的。“错误轻”者，基本分在省会长沙；“错误较严重”者，分到湘潭、株洲；“错误严重”者，则分到湘西偏远之地，如怀化、吉首等。这批分配到湖南的干部被定为“控制使用”。

在湘潭，我们一待就是近 5 年，这几年也正是我国改革开放前人们思想苦闷、经济非常困难的几年。我被分配在市第十三中学教英语，家就安在十三中校园内。

当时我的情绪极度低落，心想下半辈子就与几个英文字母相伴，只能混日子了。我觉得两个孩子跟着我吃苦了，他们在干校时就受到歧视和侮辱，特别是女儿，今后也许在政治上会影响他们一辈子。

至于莲芳的工作，外交部干部司明知她的专业是教缅甸语，在湘潭市无用武之地，却以她爱好唱歌为由，让当地组织部门分配她在第十三中学教音乐，被莲芳当场一口拒绝。她对外交部的做法始终气愤难平。她是在北大学习了近 8 年缅语的研究生，也有了在北大和北外数年的大学缅语教学经历，当时是稀缺人才，完全有理由要求对口分配。

就在这种憋屈的情况下，性格倔强又热爱缅语专业的莲芳，实在咽不下这口气，大冬天买了火车票，带上 5 岁的儿子，从湘潭去了北京。北京外国语学院亚非系好心的老师，让她们母子临时免费住在北外教员宿舍。莲芳进城去找外交部干部司的杨某讨说法。

这样的交涉后来没有什么好结果。莲芳灰心丧气地返湘，从此睡眠情况逐渐恶化。后来她被迫暂时接受了市图书馆管理员的工作。从此以后，她不停地给有关单位写告状信。

亲属对我们很是同情，特别是莲芳的爸妈，两位老人家不辞劳苦先后从上海远道来湘探访，莲芳的两个弟弟和妹夫也先后来探访。他们的探访，温暖了我们孤独而冰冷的心。

湘潭市第十三中学和市图书馆的领导和同仁，对我们的同情之心也溢于言表，丝毫不歧视我们。记得当时在上海公安局刑侦支队工作的外甥正申请入党，上海方面发函来调查我这位亲舅舅的政治情况。当时我还在留党察看期间，十三中的党组织回函肯定了我的政治表现，并未提及我留党察看一事，我的外甥得以顺利入党。1973 年 12 月，十三中的党组织按时恢复了我的党员权利，而外交部则在 1974 年 4 月，才马后炮似地发来一纸公文，宣布撤销对我留党察看一年的处分，以表示对我的“从宽处理”。

至于那位年长的湘潭市图书馆馆长，更是当面对我们说：“你们在这里待不长，迟早还是要回北京的。”不过，当时我们自己对前景还是十分悲观的。

湘潭是个地级市，人口当时有近百万。湖南又是农业大省，粮食、肉蛋和禽类供应比较充足，特别是猪肉。猪肉虽然也凭票供应，但比北京宽松得多，如猪头、猪蹄等均可随便买。湘江之滨的一大好处是水产丰富，每天清晨，湘潭老城区的十八总（湘江边每隔 100 多米即有一个码头，当地人将这一段距离称作“总”，所以有“十三总”“十八总”等的叫法）都有水产集贸市场。在那里，往往可以买到北京正规市场难得一见的、稀罕的水产，如活鱼、甲鱼、虾等。所以我们一家人的生活反比北京有所改善。我们虽然在政治上受到了打压，但在生活上总算没有吃什么苦。

那几年时间，除了教几节英语课外，我把大把时间用在琢磨给自己、给朋友做家具和改善生活上。一日三餐我都自己做，全靠一只蜂窝煤炉子解决（这是一项劳动强度大的工作，因为需要自己做蜂窝煤。先要买来煤屑，与黄泥按比例和匀，有时还得光着脚丫子将煤屑和黄泥拌匀，然后用模子做成煤饼晾干）。

对于在中学教英语，我也颇有感触。当时大学都停办了，高中的同学普遍受到“读书无用论”的影响，无心好好念书，尤其是外语，更是觉得无用，所以课堂秩序不好。我与当地老师谈起这个问题时，他们也没有多少办法，只是说，对学生要“恶”一些，也就是凶一点的意思。可是这样一个社会实际问题，怎能就用一个“恶”字解决得了呢！

也是从那时起，我在生活上开始讲究起来，每天都吃水果。我心想，自己也不会再搞缅语了，原来想当缅甸问题专家的理想已不可能实现，那就善待自己吧，在湘潭过一辈子。当时我每月的工资是70元，莲芳每月也有62元，在当地已算是高工资了，吃喝是无忧的。

不过，在干校时得的十二指肠球部溃疡病一直折磨着我，不能吃大米，只能吃面食，稍有不慎，病就会发作。特别是带学生到乡下学农时，自己还不得不带上小煤油炉下挂面吃，显得十分特殊。

与中学生在“学农”期间，校领导布置要启发学生“忆旧社会的苦，思新社会的甜”。我讲了自己在旧社会饿肚子的情况，哪知学生却纷纷诉起60年代“三年自然灾害”之苦，我只得就此打住。

我的两个孩子，女儿进了湘潭市一中，儿子在我们调湘潭时刚5岁，还不到入小学的年龄。当时也没有合适的幼儿园，他整天在家，与十三中老师的孩子们一起在校园内玩耍，学会了满口的湘潭话。直到第二年，即1973年才进了与莲芳工作单位——市图书馆同在雨湖路的“代代红小学”。每天上学和放学，儿子均由莲芳骑着从北京带下来的那辆永久牌26吋自行车接送（因为我每天上午都有课，走不开）。不过，这样的接送屡屡出现险情，但每次都有惊无险。

大约是1975年初冬一个清早，莲芳一个人又骑着那辆破自行车去郊区农贸市场买菜。不料竟出了大事：在一条坡道上，一辆大公交车在上坡调头时，车的右前轮胎竟从莲芳的左脚背碾压过去，莲芳当场被压倒，左脚背血肉模糊，脚上穿的解放鞋与血肉粘连在一起，直观判断是左脚脖子粉碎性骨折。当时我接到市图书馆同志打来电话，脑子“嗡”地一下，心想这下莲芳可能要留下终生残疾，跟着我吃苦了！我不顾一切直奔医院，只见莲芳脸色苍白，半躺在床上。医院给她压伤的脚拍了X光片，经检查：虽有骨折，但无大碍，只是脚背上的血管被破坏了，恢复再生需要一段较长时间，还需要植皮。这真乃不幸中之大幸！那年莲芳才38岁。不过，这样一来，莲芳再也无法用自行车每天接送儿子上学了。所幸外公外婆家始终是避风的港湾，当时我们只得把儿子送去上海借读。

一个月后，莲芳竟奇迹般地可下床自己行走活动，没有植皮，也没有留下多少后遗症，只是脚脖子上留下一片难看的疤痕，不过，穿上袜子也就遮盖住了。

我们从外交部被分配到湘潭的这三家人平时经常走动。共同的遭遇，拉近了我们之间的距离，后来，我们干脆自嘲为“湖南帮”，其中一部分同志先后被调回北京。从 90 年代起，每隔一段时间，我们会在北京聚会，这种聚会一直维持到 2010 年左右。

岁月悠悠，弹指一挥间，事情已过去四十多年了。现在没有了连年不断的政治运动，也不瞎折腾了。这可以说是一种政治文明和进步。

第七章　落实政策，调回北京

回京之路

1977 年 5 月，北京大学因编《缅汉词典》人手短缺，联系上我们，把我们借调到北大参加编词典的工作。这也是北大缅语教研室的同志对我们俩的同情和照顾之举，使我们产生了重回北京的希望。

莲芳本是北大东语系缅语专业的优等生，年年考试成绩优秀，尤其难得的是发音标准，很适合教学和科研工作。她曾在人民大会堂当缅语报幕员，当时甚至被缅甸外宾误以为是缅甸归国华侨。由于两个孩子由在上海的外公外婆照看，我们俩全力以赴，投入了《缅汉词典》的编写工作。

重拾荒废了整整 10 年的缅文，莲芳欣喜之余，感到这失而复得的机会非常珍贵。但是，不解决户口问题，要搞一辈子缅语专业，是根本不可能的。当时我们听说中组部有个接待站，可以当面反映情况，于是决定去中组部看看情况。

一天，我们俩进城找到了西单中组部接待站。进去一看，顿感不寒而栗：一个 10 来平米的房间里挤着六七个人，他们带着简单的铺盖卷，有的席地而躺，有的发呆坐着……他们一个个衣衫褴褛，面黄肌瘦，满脸愁容，神情呆滞。从他们的脸部表情就可看出这群不幸人的艰难处境。想想自己眼前的遭遇，终究比这些人的境况要好一些，于是我们打消了向中组部直接反映情况的念头，颓然返回了家。

与北京对外翻译出版处领导何卓云同志合影（右二为何卓云，右一为作者）。

1978年3月中旬，北京召开了全国科学大会，大会强调要尊重知识,尊重人才。《人民日报》也连续发表了多篇文章，谈到干部工作者应有的品质和作风，要求干部工作者爱护人才、珍惜人才。莲芳看了报纸，心潮澎湃。她鼓起勇气，提笔给《人民日报》写信反映户口的问题。

信是4月13日发出的，当天莲芳就听到了令人振奋的消息。据莲芳在《人民日报》工作的老同学电话告知，信已被登在供中央领导人阅读的《人民日报内部参考》上，并说她调回北京的问题肯定是可以解决了。同日，《人民日报》编辑部正式复信莲芳，通知她中央领导人已将信批转外交部黄华部长办理。

没隔几天，莲芳就接到外交部老同志的电话：黄华外长已在《内参》上批示要外交部解决她的北京户口问题，调回北京安排工作。最后，经过有关部门协调，莲芳和我都由负

1978 年调回北京，全家在北大校园留影。

责翻译联合国文件的北京对外翻译出版处一起，由中组部发调令调回北京。1978 年 8 月，我们持中组部的调令回湘潭顺利办理了调回北京的手续。莲芳回北京后，选择了在她的母校北大教缅语。

回过头来想想，如果不是当时主持中央组织工作的胡耀邦同志大刀阔斧拨乱反正，我们也许不会有如此的结局。我们很幸运，赶上了当时的好时机。

一段难以忘怀的往事

1970 年春，我们接到上海来信说，莲芳的妈妈要来茶陵外交部五七干校探望我们。当时，外交部干校正在开展清查“五一六”运动，我正被隔离审查，还不断要求写交代材料。专案组认为我是“有罪之身”，我自己也感到已被集体和社会抛弃。莲芳和我只好硬着头皮告诉专案组，上海的外婆要来干校探望两个小孩，专案组对此也难以拒绝。

当时我们都借住虎踞镇老乡家。专案组决定，莲芳的妈妈来后与莲芳及两个孩子住一起，我则被临时安排住在专案组附近的一家老乡家，以便随时听候他们的问话。

莲芳的父母当时的处境也相当艰难。莲芳的爸爸是旧社会过来的人，原来在上海一家私营织布厂工作，解放后不久织布厂公私合营，成为上海新一布厂的人保科科长兼工会主席。“文革”初期，他即被隔离审查并扣发工资，每月只发 28 元生活费。就是在这种自顾不暇的情况下，老人家仍然放心不下我们。

莲芳的妈妈已年近花甲，又很少出远门。一个老人，要从上海坐火车到长沙，再从长沙转车到醴陵，之后又要乘长途汽车，在长达 80 公里的土石路上颠簸近 2 小时，才能到达茶陵县的莱花坪，然后还得步行 5 公里，最后抵达虎踞镇外交部五七干校。她千里迢迢地赶来，为的就是探望落难之中的我们一家人。

莲芳的妈妈来探望我们，对我们来说是极大的安慰。她给两个孩子带来了他们喜欢吃的上海小吃，尤其是“小凤饼”等，还有外公专门给外孙女收集的各种精美的洋娃娃画片。

莲芳的妈妈在虎踞镇小树林与刚儿合影。

但最重要的是，莲芳的妈妈给我们带来了巨大的精神上的安慰和支持。这表明了计家并未因此嫌弃我这个女婿，他们相信我是被冤枉的，终有一天会洗清冤屈。她老人家在虎踞镇待了不到十天就回上海了，因为看到我们虽然在政治上被打压，但生活上还算过得去。她做的这一切不仅温暖了我们的心，也为我们与命运抗争增添了力量。

当时，莲芳去菜花坪接妈妈，用一根扁担把行李挑回虎踞镇。莲芳那时看起来已像一名当地的农妇了，她一见到妈妈就说："妈，你看！我现在用一根扁担就能把行李挑回去。"她想表明自己在农村改造得很有"成果"。妈妈听后正色说："那让你读这么多年书又有什么用？"妈妈的一句话点破了问题的实质。妈妈虽然没有多少文化，却已看出社会上流行的"知识无用论""读书无用论"的巨大危害，她老人家比我们清醒得多！

1978 年 8 月，北京对外翻译出版处将我们全家的户口从湘潭调回北京，我们开始了全新的生活。1979 年，我们终于在北大朗润园分到了正式住房。我们安顿好后，1980 年就写信让莲芳的父母来京住一阵。当时我的单位早早计划在 1981 年夏天去承德避暑山庄玩，并且可以带家属。因为莲芳的爸爸那时也落实了政策，发还了被扣的工资。我们兴高采烈，也给莲芳的父母报了名，想着全家人一起去好好玩几天。

哪知不久，我们就得知莲芳的妈妈患了肠梗阻，接着她又被下了病危通知书，原来是结肠癌晚期！莲芳心急如焚，奔赴上海与妈妈见了最后一面。1981 年 6 月 26 日，莲芳的妈妈在上海病故。她一辈子没有过上好日子，就这样走了。这是我十分不愿意看到却又只能接受的事实，我内心感到十分愧疚。这件事在我心头留下了深深的遗憾。

翻译联合国文件

1978 年秋，在北大编写《缅汉词典》和翻译《毛选》四卷的工作告一段落后，我到北京对外翻译出版处，也即后来的中国对外翻译出版公司（后简称中译公司）做联合国文件翻译工作，因为中文是联合国六种正式语言（中文、英文、俄文、法文、西班牙文和阿拉伯文）之一。当时中译公司是国务院新闻出版署下属的十大出版社之一，属事业单位，也是我国恢复在联合国的席位之后新成立的一个单位。

那时翻译每千字英文，联合国给的费用为 60—90 美元，这与当时国内翻译稿酬每千字中文仅 3 元相比，已经是极高

1983 年 10 月，作者在维也纳联合国总部前留影。

的了。我们的单位小，业务和行政人员加在一起，总共才 70 多人，每年却能向国家财政上缴近百万美元。这在当时是一笔不可小觑的外汇。如果用这笔上缴的美元给本单位的职工发工资，那是绰绰有余的，所以我们这个单位被人誉为“小而殷实的单位”（这是我在公交车上听到乘客议论我们单位时的用语）。从一开始，它就是一个自食其力的单位，不花纳税人一分钱，为此我倍感骄傲（20 世纪 90 年代末，它改制成为企业单位）。

中译公司不仅把我们从湘潭调回北京工作，落实了政策，而且还比较早地销毁了塞在我档案中的一些不实材料。这样，在 80 年代初我才能通过“政审”，被派往联合国工作。

翻译联合国的文件，我们都得签合同，按合同规定的日期交付译好的文件，除非发生“不可抗拒的理由”。所以只要文件一上手，中途不可能替代换人，我们的工作自然相当紧张。

我在这个小单位整整工作了20年。这20年，虽然工作十分紧张、辛苦，但人事关系简单，因此心情舒畅。这儿不是机关，少了一些官场之气；也没有那么多会议，特别是政治性会议；更没有如前20年那样人整人的政治运动，老要表态，选边站队。我自感性格不太适合做机关工作，更不会做政治工作，还是比较适合做业务工作。

期间，我先后被派往联合国驻维也纳和日内瓦办事处做英译中审校工作，前前后后在国外工作了2年多。我参加了当时在这两地举行的各种国际会议，负责如工发组织、禁毒署、太空署、难民署和裁军会议等机构的国际会议文件翻译工作。粗略估计下来，这20年前后，我翻译和审校的文件文字数不少于1000万。

在联合国工作初期，我主要负责联大第五委员会，即行政和预算问题委员会文件的定稿工作，后期主要负责联合国各种统计手册翻译的审定工作，如《国民账户体系》《住户调查手册》《国际标准产业分类》和《联合国与提高妇女地位问题》……其中尤以《国民账户体系》一书，花费了我不少精力，这本书也是很有意义的。

《国民账户体系》（National Accounting System）是联合国在20世纪90年代末，用联合国六种正式语言出版的一本百万字的巨著。他是100多个国家的统计和经济学家，经过近10年的艰苦谈判才取得的成果。

在此之前，世界上的统计体系五花八门，主要有欧洲体系、美国体系和苏联东欧体系等。我国改革开放前实行计划经济体制，统计采用的是苏联体系。

由于统计体系不同，统计口径、概念和定义等等均不相

1990 年，作者在日内瓦联合国总部前留影。

同，如各国的资产负债表就大不相同，资产（assets）包含哪些项目和负债（liabilities）又包含哪些项目都不尽相同。结果，各国的统计数据和国内生产总值（GDP）数值往往不能准确反映一个国家经济发展的实际水平。这样，各国以 GDP 为依据，向联合国缴纳的会费额度也就会有出入，从而引发争议和扯皮。

这种情况促使联合国在 20 世纪 90 年代“苏东巨变”后作出决定，召集世界各国统计工作者和经济学家进行协商，搞出一套协商一致的统计规则，并在此后规定，各国都按此规则，统计本国的各项经济数据。我国也派出统计和经济学专家参加了联合国制订这套规则的协商会议。这是一本世界各国进行统计时都要遵循的工作手册，是一项具有划时代意义的工作。

这部巨著的英文版出炉后，联合国就将这部巨著的中译和出版任务交给了中译公司。由于这部书的专业性极强，所

莲芳在维也纳多瑙河大桥上留影。

以初译稿由国家统计局和我们单位承担。联合国翻译司为此专门空运来两大箱英文参考资料，这也说明联合国对这项工作的重视程度。

单位将这部著作的终审任务交给了我，这是块硬骨头，里面有无数的定义、概念和名词，内容非常严谨。如residents一词，平时一般译“居民”或“常住居民”，在这里，我们译成“常住者”，因为定义中对这一词严格限定了在一地连续居住多长一段时间的人才可称得上“常住者”。诸如此类的定义不胜枚举。

这部巨著的初译稿交到我手上后，我基本上不去单位坐班了，就在家里埋头苦干，审定工作花了整整一年时间才大功告成。之后先打印一份送联合国审查通过，接着又送世界银行和国际货币基金组织的专家阅审，之后才正式出版。

不久，联合国正式发来书面表扬信，表扬了《国民账户

1983—1984 年，作者在联合国工发组织中文科工作。

体系》的翻译和审定质量，联合国这样郑重其事发表扬信是十分罕见的。

国家统计局随后根据此书，编印了重新培训全国统计工作者的教材，以便他们根据新的统计规则进行统计。

聊以自慰的是，这是我自认为后半生在中译公司工作的 20 年中，用英文做的一件比较有意义的工作。

还有一件事也值得一提，20 世纪 70 年代末，正值改革开放之初，百废待兴。中央当时提出我国要放弃社会主义计划经济，搞社会主义市场经济。为此，国家急需出台一批规范市场经济的法律法规。

人大常委会作为一个立法机构，要制定一大批这方面的法律法规。为此想借鉴外国的做法和经验，于是人大常委会通过我国驻外使领馆收集了各驻在国一大批财经方面的法律法规，送回国内。

人大常委会把这批法律法规翻译成中文的任务，全部交给了中国的国家翻译队——中译公司。这也算是我为我国的改革开放和法制建设直接尽了一份绵薄之力。

我现在已记不清究竟翻译了多少这方面的资料。但清楚记得主要有《公司法》《证券法》《外国投资法》《版权法》和《知识产权保护法》等。

其中以 1886 年《保护文学和艺术作品伯尔尼公约》和 1972 年《世界版权公约》最难译。尤其是《伯尔尼公约》，用的是 19 世纪的英文，文字难懂，但经过大家的努力，这块“硬骨头”还是被我们啃了下来。我国分别在 1992 年 7 月和 10 月先后加入了这两项公约。

亲历1988年缅甸乱局

1988 年，我离开外交部已 12 年，离开驻缅使馆已有四分之一个世纪了。当时我的工作是翻译联合国文件，主要使用的是英文。我想我的“缅语专业梦”已远去了，重操旧业的心也已变冷了。

但也许是与缅甸的缘分未尽。从事缅语工作 20 余年、一生热爱缅语专业的莲芳，由于种种原因，始终与去缅甸留学和长期工作的机会失之交臂，所以很想在有生之年去缅甸工作、体验一段时间。于是，我通过当时驻缅大使程瑞声，向外交部提出莲芳想去驻缅使馆工作的要求。外交部干部司表示，莲芳一个人去，工作不好安排，希望我们夫妇俩都去使馆工作，并决定让我担任驻缅使馆办公室主任，莲芳去使

1989年在驻缅使馆国庆招待会上（右起李路、程瑞声大使、作者、计莲芳）

馆领事部工作。

说心里话，原本我并不再想去驻缅使馆工作，但为了圆莲芳的“缅甸梦”，我又重新生起了此生最后去一次缅甸工作的想法。感谢中译公司领导同意外交部对我的借调，使我得以重拾缅语。

1988年5月初，我又踏上了缅甸这个熟悉的国度，亲切之感油然而生。从机场驱车去使馆途中，我发现街道、建筑等景观，与26年前变化不大。要说有变化，那就是原来的一些标志性建筑，如秘书厅、市政厅和最高法院等，由于年久失修，长满了青苔，破败不堪。由此也折射出缅甸经济的衰落情景。

在车行半途的敏尼贡区，我意外看到对政府表达不满、喊着口号、打着旗子和横幅的学生游行队伍。到使馆才得知，我们竟与缅甸的动乱不期而遇。

2个月前，仰光大学的学生在郊区一茶馆喝茶时，与当地居民发生口角，进而酿成冲突，军警维持秩序时开枪打死了一名大学生。仰大学生要求追究凶手，但政府不仅不予理会，反倒抓捕学生。此事导致双方矛盾激化，冲突扩大，从而点燃了全国大乱的导火索。

随后，仰大学生开始上街示威游行，反对执政的纲领党，游行及示威释放了双方多年的积怨。结果学生遭到军警进一步镇压，死伤多人，还有许多人被捕。官方的高压政策激起人们对学生的普遍同情和支持，直接造成民众对政府更大的愤懑，于是更多人走上街头，要求惩办凶手，释放被捕者。到6月，群众上街示威游行已逐步蔓延到全国各大中城市。

7月，执政了26年之久的奈温，通过电视宣布辞去纲领党主席和国家总统职务，黯然下台。回忆起来，我曾为他多次做过翻译。接任他担任缅甸总统的吴盛伦也是军人，对游行群众继续采取高压态势，上台短短17天就被迫下台了。接着如走马灯一般，缅甸来回更换总统。最后，换上了有军队背景的文人貌貌博士当总统，但局势并没有因此缓和下来。

7—8 月，由于局势进一步混乱，缅甸政府开始陷入半瘫痪状态。政府采取戒严和封锁等强制手段，导致交通中断，市民日常生活受到了影响。

就在这时，我们收到国内来电：两架出口的运七飞机要飞越缅甸领空去孟加拉国。国内有关单位似不清楚缅甸当时的乱局，而且给使馆留的时间太少，电文上说，在使馆收到电报的第二天，飞机就要飞越缅甸领空。

为此，办公室不得不立即准备好照会并译好飞行资料，准备派人直接送主管此事的缅甸外交部礼宾司。鉴于时间紧迫，我想争取缅方尽快同意放行，所以亲自拨通了缅甸外交部礼宾司有关负责官员的电话，想让他帮忙快点放行。哪知电话打过去根本无人接听，一片忙音。接连拨了多次，总算有人接听，但对方说由于连日游行、戒严，无人上班，礼宾司仅剩留守人员，他只是值班的。由此，也可看出缅甸政府当时的窘迫状况。

在我说明情况后，对方还算帮忙，告知我礼宾司长家的电话，让我直接联系他。果然，电话拨通后接电话的正是礼宾司长本人。我给他讲了情况后，他说，由于许多地段因游行队伍而不通，他家门口的那条马路已被封堵，导致无法上班。但他对我说了缅甸国防部负责此事的一位少校的电话，让我直接与他联系。我随即又拨通了那位少校的电话，对方很爽快，也很友好，特事特办，主动让我把照会和有关资料直接送国防部，并在当天即回电话通知我，缅方已同意我国飞机飞越缅境。这使我争取到了给国内发回电的时间，随后对方又补来一份书面回复照会。缅甸军方真够帮忙的，这下手续总算办齐全了。

没过几天，国内来电，又有一架出口飞机要飞越缅甸领空，且要在曼德勒机场降落加油。有了上次的经验，我较快办完了全部放行手续。这里顺便说一下，我重拾了已荒废20多年的缅语口语。虽然刚到仰光只有一周左右的时间，开口有点生疏，但在那种熟悉的语言环境下，犹如从英语频道转入缅语频道，我很快又找回了感觉，马上便朗朗上口了。

8月下旬，缅甸的局势实际已失控，政府借机宣布从晚10时到翌日晨5时对仰光实行宵禁。一天，一些缅文报纸在头版头条，还刊出了一字排开、放在地上的7—8颗血淋淋的人头图片，十分恐怖和血腥。报纸上的消息还说，被害人是被坏人砍杀的。这种消息真假难辨，令人怀疑，也许是当局故意制造的，是为了后来的武装镇压做铺垫。不过，这些图片与不久后使馆获得的一盘录像带中的血腥恐怖场面相比，简直是小巫见大巫了。记得在那盘录像带中有这样一个血腥场面：一个瘦骨嶙峋的老妇人被关在一只木笼子内，笼外一男子声称该妇人受姗岱温（奈温将军之女）的指使，在自来水中投毒，应判死罪。于是，几个身强力壮的男子当即把老妇人从木笼中拉出来，不由分说，就将老妇人砍头并浇上汽油焚烧。缅甸是个提倡行善积德的佛教国家，老百姓善良淳朴，发生如此血腥的行为简直令人难以置信！

紧急的事接连不断，记得那是8月的一天晚上，接近10点钟的时候，宵禁马上要开始了。突然，我接到大使夫人从大使官邸打来电话，说大使吃了一种治哮喘的药，喘得厉害，要我马上过去看看。我放下电话就驱车前往官邸，上楼发现大使趴在桌上，大口喘气，接近休克状态，嘴唇和指甲呈青紫色。根据我的经验，这是缺氧的症状，应马上吸氧，而当时手头又没有氧气设备。于是我打电话给仰光外交医院，告诉他们大使的病情，建议他们马上派人带氧气设备来官邸抢救。对方说吸氧器他们有，问题是正值宵禁，他们出车上街还得先请示军方，恐怕会耽误时间。对方要使馆马上派车去医院接医生来使馆，他们认为使馆的车有外交豁免权，会方便些。救人要紧，也只能这样了。为谨慎起见，行前我又拨通缅甸外交部值班室的电话，打了个招呼。对方嘱咐将使馆汽车前后牌照的灯都打开，以利于街上的军警看清是使馆的车辆。

我也顾不得个人安危了，驱车直奔外交医院，还好一路顺利，我带上两名医生再赶回大使官邸。这时，大使趴在桌上已休克并失去意识了。两位医生七手八脚地立即给大使输氧，一刻钟后大使苏醒了。大使醒来后还不清楚刚才发生了什么事，以为只是瞌睡了一小会儿。接着医生决定送大使去住院。于是，我又把大使送到了外交医院，一路有惊无险，等回到使馆已是凌晨 1 点钟了。幸运的是，大使住院一周后即康复出院。

不久，事情接踵而来：我国援建仰光丁茵公铁两用大桥的工程，由于当地工人罢工，被迫停工。为保证我国工程技术人员的人身安全，国内决定将近百人撤回国内。办公室和经参处负责先将他们安顿到使馆吃住，并通知国内尽快派包机来接他们回国。

国内的包机来时，仰光机场除塔台有人值守外，地勤人员已全部罢工。办公室和经参处的同志一起出动，帮着把行李装上飞机。为防止随时发生不测，飞机落地后发动机始终不敢熄火，以备紧急起飞。

援缅人员刚撤走，不设防的援缅大桥工地和工程人员的宿舍区，就被一些人哄抢并洗劫一空，遍地一片狼藉。他们把凡是能拿得动的物件如空调、冰箱、电视、饮水器和工具等统统抢走，连设备上的螺钉螺母也不放过，造成的损失达数千万元。事后，中缅双方不得不商定补充援助。

使馆处在外交第一线，随时掌握情况成为第一要务，全馆人员上上下下无不关心缅甸局势的发展。缅甸每天的情况瞬息万变，单看报纸已不足以及时掌握最新情况。

懂外语的同志责无旁贷，尽可能驱车去现场直接了解群众游行示威的第一手情况。这样做有一定风险，因为有时得下车，趋近看个究竟，听听喊什么口号。据当地报纸报道，缅甸军警与游行群众已发生过多起流血冲突。

不过，就我们所见，多数游行是和平示威，游行队伍一般由学生或和尚组成纠察队，手拉手或牵着绳子，以维持游行的队形，边走边高呼反政府口号。

参加游行示威的初期主要是学生、市民和和尚（和尚在全国有 10 多万，是一支重要力量），后来也有市民乃至一般政府公务员加入。军警则在总统府、秘书厅、警察总署等要害部门前组成警戒线，一手拿警棍，一手持玻璃钢盾牌。大概是因为投入的军警人数太多，玻璃钢盾牌不够，所以不少军警手里拿的仅是柳条编的水果筐盖，权当盾牌使用。

我们多次亲眼看到群众与军警对峙和冲突的场面。群众想冲破军警的警戒线，而军警则挥舞警棍往前冲，进行驱赶、殴打，人群四散逃开。过一会儿，人群又聚拢来，发起新的冲击。

我们甚至还亲眼看到平时与我们打过交道的缅甸外交部

的一些中下级官员，居然也参加了游行，由此可见当时参加游行的群众非常广泛。

不过，我们从来没有亲眼目睹过军警开枪的场面。但在使馆院内，却多次听到过不远处的枪声，尤其是在夜深人静时枪声比较密集。

在仰光有些街区，人们为保护自身安全，用沙袋、砍倒的大树、汽车轮胎和杂物垒成的街垒堵住街口，既防止军警进入，也防备坏人趁火打劫。到了晚上，往往有人以夜色作掩护，向军警投掷石块，甚至用弩发射一种缅文叫“今格里”的铁制凶器（它大概有 20 厘米长，头部两边有倒钩，尾部绑上棕榈纤维做平衡，类似梭镖），人如果被打中虽不能致命，却也可致重伤。

与此同时，政府被迫释放了部分政治犯。那时谣言四起，如传说自来水被人从源头投毒，蔬菜被毒物污染，监狱失控，

在昂季将军的群众大会外与和尚交谈（前右二为作者，右三为莲芳）。

1988 年 8 月，缅甸仰光的军警与游行群众发生冲突的场面。

犯人越狱逃跑……面对这种失控混乱的局面，我国外交部为安全起见，决定暂时取消外交信使来驻缅使馆送文件，而由使馆派人去曼谷我国驻泰使馆取回文件。

让我至今记忆犹新的是，我和莲芳参加了昂季将军（此人过去曾是缅国防军二号人物，我与他在工作上有过接触）主持的群众大会。他被当局释放后不久，即在离我国驻缅使馆不远的一个广场举行了一场反政府群众大会，参加大会的群众大约有几千人。我们把汽车停在离会场较远的地方，然后步行到会场。由于身份关系，我们不便往会场中心挤，就站在会场讲台的后面附近。只见昂季将军身穿防弹背心，讲话中气十足，也很具煽动性。他的讲话与群众的口号声交相呼应，听众情绪非常激昂，不时还高呼反对军政府的口号。

昂山素季领导的全国民主联盟，随后也在大金塔西门广场举行了声称有 10 多万群众参加的大会，规模和气势更加宏大。我和莲芳也到了会场，听了一阵大会的发言，矛头直指军政府。主持大会的竟然是我熟识的华裔电影演员、缅中友协委员吴吞威。这次大会的规模和到会人数远超过昂季将军召集的群众大会。这两次大会参加的人数众多，足见当时群众反政府情绪的强烈程度。

9 月 18 日那天，我们看到一辆接一辆的军车满载着荷枪实弹的军人，在大街上呼啸而过，装甲车来回巡逻，气氛十分紧张。预感到可能会出事，于是我和部分同志当晚赶在宵禁以前，驱车到市中心市政厅一带察看情况。仰光电力不足，路灯稀少，但街上仍有不少人群，高音喇叭放着鼓舞人心的乐曲，快到宵禁时分，我们才赶紧驱车赶回使馆。

不出所料，我们回到使馆，打开收音机，得知以缅军总参谋长苏貌上将为首的国防军已接管政权。电台里播放着军歌和进行曲，与1962年3月奈温政变成功后的做法如出一辙。

在这次长达 3 个多月的动乱过程中，使馆的后勤工作遇到了空前的挑战和困难。我作为使馆办公室主任，首当其冲。

首先是要保证全馆 80 多人的吃喝和出行问题。使馆分两个食堂，粮油是从香港进口的，有充足保证，但新鲜肉食和蔬菜，一直由两位可靠的华人菜商，用汽车送到使馆。过去从未发生过鲜菜断档的问题，可是到了这种混乱时期，菜农因交通中断或戒严，无法像平时一样按时进城送菜。即使菜已送到了菜商手里，也因市内交通封锁一时无法送到使馆。期间，曾一度发生过使馆食堂等菜下锅的惊险局面，不过最后总算是有惊无险。

出行也是个一大问题。使馆有大小汽车 30 多辆，数量比五六十年代高出好几倍。尽管使馆已做出减少外出的规定，但每天总有事要办。其中主要是汽油供应成了大问题。缅甸的加油站怕被人纵火，大多关门停业，使得加油的车辆排成了长龙。后来，缅方为外交使团专设了加油站，派重兵把守，但仍要长时间排队等候。最后，经与缅方交涉，总算给中国使馆优待，每周提供三大桶汽油，让我们自己派车到指定地点去拉。

为应对以后可能出现的紧急情况，办公室又立即请人在院内自建地下加油站，并在院内紧急打了自备水井，从此一劳永逸地解决了使馆的汽车用油和饮用水问题。

1990 年初，缅甸原社会主义道路纲领党摇身一变，改名为巩固和发展党，被迫结束一党制，开放党禁，并同意在当年的 6 月举行全国大选。在大选前使馆举行的招待会上，我曾与巩发党的领导人聊过，他们对即将举行的大选信心满满，其理由是，巩发党从中央到地方，组织严密，动员能力强，大选胜券在握；他们还称，全国民主联盟成立不久，组织涣散，是乌合之众，根本不可能获胜。

但大选结果与巩发党预计的完全相反，昂山素季的全国民主联盟在议会中赢得压倒性多数席位，由此可见民心的向背。这时，军人集团明目张胆地宣布选举无效，并立即软禁了昂山素季等全国民主联盟的领导人，赖在台上继续执政。

命运让我以为自己再无缘于缅甸的时候，又把我带到了曾度过青春年华的这片热土。命运之神似乎早有安排，让我亲历乱世中的缅甸，成全了我与缅语同窗好友程瑞声肩并肩、“拳打脚踢”、忙碌而紧张地两年的合作，为我的“缅甸梦”画上了句号。

让我庆幸的是，在缅甸现代政局发展道路的几个关键时刻，我都身处缅甸，亲临其境。我前后在缅甸工作了 10 年，目睹了她的欢乐，也见证了她的痛苦和挣扎。她现正处于艰难的转型期，但愿她能一步一步走上经济大发展的光明大道！再见了，永远留在我记忆中的国度。

参加缅甸国母的葬礼

杜钦芝是缅甸国父昂山将军的遗孀，于 1988 年 12 月 27 日病故，当时正值缅甸动乱之际。在英国生活并已加入英籍的女儿昂山素季，1988 年 3 月回国探视病重的母亲，后又被反军人统治的力量推举为领导人，领导反对军人统治的斗争。

由于杜钦芝是缅甸国内外有影响的人物，政府不得不进行国葬，但又怕老百姓乘机闹事，发生新的动乱，影响刚政变上台的苏貌政权的统治，于是军政府对整个活动采取了严密的防范措施。他们从杜钦芝夫人的寓所直至墓地，实施交通管制和安全警戒，不让群众参加葬礼，只允许外国驻缅使节参加。根据国内指示，使馆大使和我参加了吊唁和送葬活动。

我陪大使一起先到杜钦芝在湖畔的那幢两层小楼进行吊唁，昂山素季接待了我们。我们走进楼下停放遗体的一间房内，向遗体告别。杜钦芝安详地躺在一张靠墙的床上，化了妆，头缠缅式发髻，装束如缅甸皇族贵夫人。

缅方为外国驻缅使节配备了数辆中巴车，在灵车之后徐徐随行，灵车所经马路直到墓地均有军警设置警戒线，路两旁有成千上万老百姓宁静站立默哀送行，秩序井然，场面甚为壮观。这既反映了老百姓对昂山将军的怀念，也折射出对

昂山素季在母亲墓前献花圈。

军人统治的不满。使节们均未被准许进入墓地做最后的告别吊唁。

这使我想起数月前，曾到过杜钦芝住的这座小楼（昂山素季也寓居于此），为的是向对藏学颇有研究的昂山素季的英籍丈夫迈克·阿里斯赠送一批使馆专门从国内要来的藏文书籍。我亲手将书籍交给了他。他似乎不善言辞，完全像一位纯粹的学者，只是对我们的赠书一再表示十分感谢，没有更多的话说。当时，缅甸政局还不十分明朗，但眼看昂山素季的力量正在迅速崛起，已对军人政权构成挑战，使馆此也是想借机与昂山素季建立一定的联系。

迈克·阿里斯 1995 年到仰光，与被缅甸军政府软禁中的妻子见了最后一面。1999 年他因癌症在英国去世时，缅甸军政府开出了苛刻的条件：昂山素季可以出国为丈夫奔丧，但她从此不得再回缅甸。倔强的昂山素季作出了宁愿不去送丈夫最后一程的抉择，而用录制好的视频向丈夫告别。军政府想以此拒昂山素季于国门之外，以断后患。但是，在昂山素季“舍小家顾大家”理念的坚持下，军政府还是无法阻挡昂山素季赢得缅甸多数选民的支持，被缅甸老百姓爱称为“缅甸女神”的昂山素季最终取得了胜利。

昌达海滨之旅

1988 年 9 月，缅军总参谋长苏貌将军通过军事政变上台。1990 年初，缅甸外交部主动邀请我国驻缅使馆的外交官乘坐内河游轮，去尚在开发之中的昌达海滨一游。昌达位于缅甸西海岸的勃生，在濒临印度洋孟加拉湾的另一著名海滨避暑胜地额勃里的南面。

缅甸军政府的这一主动邀请，使我想起 1962 年 3 月，奈温将军政变上台后，缅甸外交部也曾主动邀请李一氓大使去掸邦一游的情况。当时我陪李大使一起去了掸邦。那时的情况与现在的情况相似：西方国家对缅甸军政府实行全面制裁，对外交往活动较少，门庭冷清，比较孤立。两届军政府采用了同一套路。

以大使夫妇为首的一行近 20 人的使馆人员，在缅甸外交部礼宾司官员的陪同下，于 2 月 1 日下午 4 时，从仰光河码头乘一艘三层内河游轮出发了。

所谓游轮，其实只是一种适合热带气候的三层客轮。使馆人员全部住在三层，视野极佳；缅方接待人员住在一至二层。

莲芳在游轮上眺望夕阳西下时伊洛瓦底江的迤逦风光。

游轮离开仰光河码头之后，迎着落日一路往西，从仰光河先驶入端迪运河，再进入伊洛瓦底江三角洲的冲积平原。只见河网交错，随处可见河水冲积形成的沙洲。海鸥在游轮周围飞翔，不时有小舢板在游轮掀起的涌浪中，摇摇晃晃，似倾非倾，从游轮边一晃而过。

游轮驶经的河流，河水都呈浅黄色，显然含沙量较高。河道似失疏浚，露出了黄色的沙质河床。游轮一路劈波斩浪，巨大的涌浪冲向两岸，有时会使人产生犹如坠入河底之感。我们还恐游轮有搁浅之虞。2 月正值缅甸旱季，降水量少，估计雨季时河水会溢出河床，到处漫滩。

旅行沿途的自然风光吸引着我。落日的余晖将树叶染成金色，闪闪发光。只见一片片吊脚楼组成的村落，在远处或隐或现。这种吊脚楼既防水患和野兽又通风，是当地农村典型的民居形式。这也是伊洛瓦底江三角洲农村特有的风光。

莲芳与使馆会计傅刚在海滨小木屋前留影。

莲芳陶醉在这美景之中，久久地凭栏眺望。

按计划，游轮第二天即 2 月 2 日早上能到达昌达。1 日晚，我们在游轮上吃了晚饭。不久，游轮进入夜航模式，船上打开了探照灯。只见光柱前白茫茫的一片，游轮如坠入浓雾之中，人们根本看不清前进的航向。大雾弥漫，为安全起见，游轮被迫停驶，就近抛锚，停靠在一个小码头。随着游轮的轻轻摇晃，我们进入了梦乡。

第二天上午，浓雾散去，游轮重新启航。下午到达一个临时码头，我们登岸转乘大巴车，行车近 2 小时，下午 4—5 点才到昌达海滨。昌达的沙滩呈浅黄色，海滨刚盖起了 10 多套色彩鲜艳的小木屋，每套屋内有前廊、起居室、卧室、浴室和卫生间。我和莲芳就住了这样一套小木屋。

树身高大、虬曲的椰树在海风中不断摇曳；大海远处，一轮落日正徐徐沉没……好一派热带海滨的美丽景色！据陪同的缅方官员介绍，昌达海滨每年只有 1—2 月气候最为宜人，其它时间不是受季风影响而大雨磅礴，就是酷暑难耐。

晚饭后，当地华侨青年来海滨架起篝火，与我们联欢。使馆的年轻人也加入其中，一起载歌载舞，玩得十分尽兴。当夜深人静时，轻柔的涛声伴随我们进入了梦乡。

清早，我们在海滩上漫步，享受远离城市喧嚣的静谧。海面十分平静，沙滩上留下串串脚印。不知何因，在这里，即使是那些一有动静就躲进洞内的小沙蟹也难得一见。

上午，我们乘小木船去了不远处的一个小岛。缅方官员称它为岛，实际上它很小，面积如同一个羽毛球场大小，估计涨潮时会被海水淹没，只是一块大礁石而已。所以，这礁石的表面没有一点绿色植被，但各色的贝壳铺满了礁石的表层，很是抢眼，特别是虎贝，很有特色。

下午，莲芳急不可耐地下海去游泳，她是第一次投入印度洋孟加拉湾的怀抱，有点兴奋。这里的海水温和且平静如镜，虽没有额勃里海滨的海水那么清澈见底，但却没有小水母的滋扰。

第二天上午，我们告别昌达，之后应邀出席缅军伊洛瓦底军区司令（一位少将）在军区司令部举行的午宴。司令部就在勃生郊区，好生气派，戒备森严，范围也很大，有点类似于我们部队的“大院”，我们乘坐的汽车在里面转悠了不少时间，才到达宴会厅。

午宴之后，勃生当地爱国侨领闻讯来看望我们。他们一再表示，很少见到祖国的亲人，希望以后多来勃生。是啊！许多爱国华侨在年轻时义无反顾回到祖国参加建设，其中有的很可能从此再没有回过异国他乡的老家了。我们在北京熟识的两位缅甸归侨朋友，就是勃生人，不知他们的家人还健在吗？

回仰光的航程并不顺利，一路大雾，游轮不得不时停时驶，2 月 5 日，我们才回到使馆。

缅语老师吴拉丁

20 世纪 50 年代在驻缅使馆，我们三个学习员的缅语启蒙老师，起初是一位华侨，后来则一直是一位叫吴拉丁的缅甸人。学成后，我们成了朋友，一直保持了数十年的友谊。他是缅甸政府文化部的高级官员，还是缅甸政府词典编纂委员会的成员。吴拉丁个儿不高，皮肤黝黑，有点谢顶，有一付典型的缅甸人面孔。他一般清早 7 点即到使馆进行教学。他教了我们好几代缅语翻译人员，深得大家的喜爱和敬重。他在业余时间曾在多个外国驻缅使馆任教，在中国使馆可能是执教时间最长的。他对缅语很有研究，造诣很深，且著作颇丰，是一个真正做学问的人。他的家就像一个小图书馆。20 世纪五六十年代，他住的是平房，除了将一间房用作休息用餐外，其余房间均摆满了直达天花板的特制书架——不仅靠墙排满了书架，房间中间也放了书架，人只能在书架间穿行。后来，他搬到政府分配的公寓楼居住，书房、卧室、客厅里依然到处是摆满书的书架。上至缅甸古文、碑铭，下至谚语、俚语，他几乎无所不知。他的教学态度踏实而认真，从来不会不懂装懂。当时我们的学习方法是大家看一本缅文小说，然后向他求教其中我们不明白的问题，有些问题他一时答不上来，但也绝不敷衍搪塞，而是从口袋里掏出小纸片，

左起彭增九、作者、吴拉丁、夏厚宏、齐治家。

将问题记上，并表示过几天再给我们解答。从我们的提问中，他往往也受到了启发，日积月累，举一反三，积少成多。过了一段时间，他用从对我们教学中逐步积累的素材，居然能写出一些语言类书籍出版。由此也可看出，他是一位认真而有心之人。

后来他年纪大了，不再在使馆教缅文了，但他始终是我们的朋友，一直与使馆保持交往。他有一个夙愿，想来中国看看，特别是想来北大教缅语。20世纪五六十年代，他就向我们提出了这个愿望，可当时确实很难解决。当我在睽违26年后再去缅甸时，他又一次向我表示了这一心愿。我也很想促成此事，回国后，曾向北大了解过。北大方面发封邀请信，邀请他来北大任教，似乎没有多大困难。因为北大缅语专业本来一直聘有缅甸专家，但是，要在邀请信中直接指名道姓要吴拉丁来，却犯了当时缅甸政府的忌。因为缅甸官方有规定，外国要请缅甸人出国工作，不得具体点名，而必须由缅方自行选派指定。假如我们真点了名，吴拉丁非但不能成行，反而会让缅方怀疑他与使馆有不正当关系而对他不利。所以，我考虑再三后给吴拉丁写了一封信，告诉他北大可邀请他来，但无法点名，如果他能从缅甸政府内部打通关节，则北大可发去一封不点名的邀请信。不知吴拉丁是去政府谈过碰了壁，还是他知难而退，根本没有去谈，反正后来他没有给我回过信。

吴拉丁老师前几年已作古，他的夙愿终究没有实现，给他也给我留下了深深的遗憾。

翻译出版《旭日冉冉》一书背后的故事

《旭日冉冉》在缅甸文学史上是一部颇有价值和影响力的名著，它反映了缅甸争取民族独立斗争过程中的重大事件。1958 年，该书还获得缅甸文学宫的文学奖。作者吴登佩敏在中缅两国的政治和学术界一直饱受争议，因为他曾是缅甸共产党的总书记（1942—1946 年），同时（1946 年）还担任着领导缅甸国内抗日反帝统一阵线——缅甸反法西斯人民自由同盟的副秘书长。第二次世界大战后，他曾因不同意共产国际的决定，主张与昂山将军合作而被斥为“叛徒”，并被德钦丹东为首的缅甸共产党开除出党。因受到共产国际的决定和我国政府向苏联“一边倒”政策的影响，新中国成立初期，我国驻缅使馆一开始也不主动与他往来。吴登佩敏本人虽然在政治上仍坚持他原来的观点，但他一贯主张中缅友好，而且他还是缅中友协的副主席，1952 年曾作为缅甸作家应邀访问过我国，回国后发表了访华游记《再见吧，旧时代》。这本书我在使馆时就阅读过，书中对我国的建设成就十分赞赏，并且对毛主席也推崇备至。他还曾任缅甸作家协会主席。所以，使馆就把他作为缅甸社会名流、著名作家和友好人士，同他打交道。

吴登佩敏中等个儿，脸庞略显扁平，嘴唇微翘，鼻梁上架着一副近视眼镜，眉宇间流露出坚毅而智慧的眼神。这位曾经在缅甸抗日和反帝斗争的政治舞台上叱咤风云的人物，这时已显得自信、平静而儒雅，一副与世无争的模样。在交际场合，他爱穿橘黄色土布做的的正式缅甸礼服。1952 年，我作为学习员被派往驻缅甸使馆，半天学习缅语，半天在使馆文化新闻处工作，负责分发书报、杂志，处理读者来信，接待上门的缅甸读者等工作。所以，我当时与觉林书店老板同时也是缅中友协秘书长的吴觉林经常有工作上的来往。例如，我不时会给吴觉林送去从国内邮寄来的《人民中国》《中国画报》等杂志。有时在觉林书店，就会与吴登佩敏不期而遇，因此也时有接触交往。

《旭日冉冉》一书于 20 世纪 50 年代即在缅甸公开出版，首版时是一本 32 开、封面为玫瑰红色、大约有近千页的巨著。包括我在内的使馆 3 名学习员在书店一发现该书就买来阅读，并且被书中的内容深深吸引，索性把此书作为我们学习缅语的教材。国内缅语界虽早有将其译成中文的打算，但由于政治上的原因，一直未能如愿。我国改革开放以后，包括我的老伴计莲芳在内的北大东语系缅语教研室的老师们率先将它译成中文，并由北京大学出版社在 1982 年 8 月正式出版。遗憾的是，吴登佩敏没能亲眼看到自己的书在中国出版发行，

吴登佩敏著作《旭日冉冉》的中文版封面，北京大学出版社 1982 年出版。

他在 1978 年就病逝了，终年 64 岁。该书出版时，北大缅语教研室的老师们就有了想把这本译著送给吴登佩敏亲属的打算，可惜一直没有合适的机会和场合。

1988 年 5 月，我和计莲芳被借调到驻缅使馆工作。行前，我们决定带着北大出版社出版的中文版《旭日冉冉》，以便到仰光后设法送给吴登佩敏的亲属作纪念，完成大家的心愿。大约在 1989 年初，我们通过使馆文化处多方打听，得知吴登佩敏的夫人尚健在，于是立即约请她到使馆来。那天，夫人是由其儿子陪同前来使馆的，我和计莲芳一起会见了他。20 世纪五六十年代，我在驻缅使馆工作的七八年期间，与吴登佩敏的夫人多次见过面并交谈过。但由于时间相隔久远，我们彼此都已不太记得了。但夫人知道，坐在她面前的是至今仍未忘怀吴登佩敏的老朋友，所以，当我们将书交到她手里时，她多少有些激动和兴奋，两手微微颤抖着接过了书。书的出版虽晚了一些，以至作者本人已无法看到，但可以告慰的是此书得到了中国知识界的肯定。对于我们，也算了却了一桩心愿。夫人告诉我们，吴登佩敏一直笔耕不辍，他是在写作过程中趴在书桌上毫无痛苦地走完了人生旅程的。席间，其子问起我们对吴登佩敏过去政治见解的看法。我以个人名义表示，二次大战后，在苏共总的指导思想下，吴登佩敏遭到了误解，但从以后发生的事实回过头来看，吴登佩敏当时的意见未必是不可以考虑的。他听后还比较高兴。

现在再回头想一想，我当时所言还过于谨慎，思想还没有完全放开。应该说，吴登佩敏是一位有远见和独立思考的政治家，他不唯命是从，而是从本国具体情况出发。如果当时缅共拒绝共产国际的指示，按照他的意见行事，也许今日之缅甸，又会是另一番景象。

奈温的政治遗产

奈温将军是缅甸 1948 年独立后在位统治时间最长的一位领导人。从 1962 年 3 月至 1988 年 8 月，前后时间长达 26 年之多，其中还不算 1958 年至 1960 年担任缅看守政府总理的那两年。

20 世纪 90 年代，据缅甸官媒称，9 旬高龄的奈温仍心有不甘，涉嫌指使其亲属搞政变。计划败露后，其亲属或被逮捕或被判刑，自己则灰溜溜地遭到软禁。2002 年 12 月 5 日，91 岁的奈温在软禁中抑郁病逝。

他去世后，人们对他一生的评价基本是一边倒的：指责他为独裁者，把一个好端端的缅甸带进了贫穷落后的最不发达国家的行列。对此，我试图更客观地谈一些看法，特别是他身后留下的政治遗产。

其一，他改变了缅甸的国体，废除了缅甸独立后形成的以缅族为主的缅甸本部与周围各少数民族自治邦区联合的国家联邦制，之后统一了缅甸全境，在缅甸实行了共和制。这就从根本上废除了1947年《缅甸联邦宪法》赋予少数民族邦区脱离国家的权利。正是奈温将军在1962年3月军事政变后宣布，立即废除1947年9月颁布的《缅甸联邦宪法》，从而避免了国家四分五裂的危险，确保了国家的统一和领土完整。当时，奈温将军发动政变成功后对全国发表公告，宣称他此举是“防止国家分裂”，这不完全是借口。

回顾这部《宪法》的产生过程，人们不难发现它是一个妥协的产物，可谓来之不易。

作为缅甸联邦国家的缔造者昂山将军，在争取缅甸独立过程中，奔走呼号，面临了巨大的困难。要知道，掸邦、克钦邦和钦邦三个少数民族邦区的土地总面积达28万多平方公里，超过了缅甸整个国土面积的41%。这些邦区实行的是封建主义的土司制度。由于当时英国殖民主义者挑拨离间和分而治之的政策，缅甸少数民族上层人物各怀鬼胎，并不都情愿加入缅甸联邦。他们有的想“自治”，有的甚至想加入“英联邦”。

为此，1947年1月，昂山将军亲赴伦敦与当时的英国首相艾德礼进行了艰苦谈判，最终签订了《昂山—艾德礼协定》。英方在该协定中总算“承认缅甸有完全独立的权利，并承认边区少数民族在自愿同意的基础上与缅甸本土统一……”。

当时昂山将军只是争取到了英方不再公开反对缅甸独立的承诺，但国内各少数民族土邦的态度并不明朗。

昂山将军回国后，又马不停蹄，随即于 1947 年 2 月，在掸邦彬龙镇主持了由掸邦、克钦邦和钦邦各少数民族代表以及英国代表参加的彬龙会议。会上会下，昂山将军对少数民族上层人士做了耐心细致的说服工作。昂山将军本希望能争取各少数民族邦区团结一致，无条件组成并加入缅甸联邦，但在这个会议上，他最终不得不做出妥协，签订了同意少数民族邦区有条件地加入缅甸联邦的《彬龙协议》。这个协议虽然不够理想，但在当时形势下，已是昂山将军能争取到的较好结果。

1947 年的《缅甸联邦宪法》正是以这个《彬龙协议》为依据制定的。尽管《缅甸联邦宪法》对少数民族邦区脱离联邦权利的规定，附加了比较严苛的条件，但这决不是昂山将军当时的初衷，他是迫于无奈，才在《缅甸联邦宪法》中留下了这一"硬伤"，是想先争取缅甸的独立，组成一个联邦国家再说。

奈温将军是同昂山将军一起争取缅甸独立斗争的战友，他对昂山将军的理想是完全清楚的。1958 年前后，即 1947 年《缅甸联邦宪法》实施 10 年之后，缅甸国内一些少数民族邦区上层人物果然开始蠢蠢欲动，想脱离联邦。如彬龙会议的主要参加者、缅甸开国总统、掸邦良瑞（历史上我们习惯称"永贵"）土司苏瑞泰，在 1958 年（当时本人在外交部亚洲司具体主管缅甸工作）就到我国驻缅使馆向我国大使表白，谋求掸邦独立，并希望我国支持他。这一要求被我国政府当即断然拒绝。我估计，像苏瑞泰进行的这种秘密分裂活动，不可能不被缅甸当局有所察觉。

面对这种情况，当时的吴努政府对少数民族谋求独立的行动是优柔寡断的，软弱多于果断。

缅甸联邦当时显然面临着实实在在的分裂危险。正是在这一紧要关头，1962 年 3 月 2 日奈温将军发动了军事政变，随后又立即宣布废除 1947 年《缅甸联邦宪法》，从而在法理上铲除了这一隐患。而且逮捕了苏瑞泰等主张分裂的主谋者，保全了缅甸的统一和领土完整，实现了昂山将军的遗愿。他最终消除了这颗定时炸弹，从根本上一举解决了英国殖民主义者遗留下来的历史问题。不仅如此，奈温政府还取缔了少数民族土司的封建特权，这是奈温将军对保持缅甸国家统一和领土完整的巨大历史性贡献。

尽管现在缅甸各少数民族邦区在法律层面已无脱离联邦的权利，土司也不再享有封建特权，但是缅甸是个多民族国家（据官方统计，缅甸境内的少数民族有 135 个之多），缅族与各少数民族关系错综复杂，加之外部势力的插手，至今的缅甸仍有数十支（一说 35 支）背景各异的少数民族地方武装盘踞各地，占山为王。如何处理好与少数民族的关系，真正实现国内和平，仍将长期困扰着缅甸。这也是缅甸真正实现统一和经济大发展，绕不开的一个坎。

其二，1962 年奈温发动军事政变推翻吴努政府之后，开启了军人从政的先例，逐渐成为缅甸政坛上一支独大的力量。缅甸军人力量不仅牢牢控制了党政军大权，而且在改为“一院制”的人民议会中，多数议员为军人或有军队背景的人。国营企业的老总也多数为军人，缅甸国防军领导集团已成为缅甸的一个既得利益集团。

1988 年 9 月，苏貌将军发动军事政变后，原来的缅甸社会主义道路纲领党先是更名为巩固和发展党，后又更名为民族团结党，其实这都只是换汤不换药。

1990 年 6 月，在军人政府主持的全国大选中，民族团结党惨败，在 485 个议席中，仅得到 10 席，而昂山素季领导的全国民主联盟则取得压倒性胜利，获得了 396 个议席。但军人政府公然宣布大选无效，拒绝把政府权力交给大选中获胜的全国民主联盟，继续掌控权力。昂山素季等民盟主要领导人反遭军政府长期软禁。

即使在 2008 年经修订的《缅甸联邦共和国宪法》中仍规定，在联邦议会的两院中，军队的非民选议员比例不低于 25%（实际占据 30% 的议席），“国防军三军总司令有权在国家危急时接管政权”。这无异于使军人干政合法化，“三军总司令”成为太上皇，这在世界各国政治体制中是比较罕见的。由此，也可见缅甸军队在缅甸左右政局的作用了。

奈温将军去世已 17 年了。毋庸置疑，他留下的这一政治遗产，依然将长期影响着缅甸今后的政治发展。

其三，奈温在 1962 年 3 月发动军事政变之前，私下里就对我国领导人声称，议会民主是虚假的，不适合缅甸国情，他要在缅甸推行社会主义。奈温搞的缅甸社会主义与众不同，概括起来，就是政治上实行缅甸社会主义道路纲领党一党制，反对多党制；对外实行中立不结盟政策；经济上实行全方位的国有化，把各种形式的经济统统纳入国家所有，完全统死，不允许任何私营经济活动，完全扼杀民营经济的积极性，最终使缅甸经济走进了死胡同。这是一笔负资产，给后人留下了深刻的经验教训。

后 记

回顾一生，从 1950 年 12 月至 1998 年 11 月，我工作了整整 48 年。其中 20 年在外交部（10 年在驻缅使馆）工作，20 年在中译公司工作。33 岁至 40 岁这段人生好年华却浪费在“文革”和五七干校的挨整生活中，荒废了宝贵的 7 年多时间。

我不是一个天资聪慧的人，但却是个勤奋肯学的人，一个“工蜂型”的人，一辈子勤奋忙碌，从不懂得偷懒。领导分配的任务总是尽量做好。年轻时，我曾想做缅甸问题专家，以致在择偶问题上也一心想找到一位同专业的人，这一点是如愿了。至于我年轻时梦想做个缅甸问题专家，在某种程度上也已实现了。因为在 20 世纪五六十年代中缅关系最热乎的时期，我直接参与和见证了中缅之间的全部重大外交活动，如中缅边界问题的谈判、《中缅友好互不侵犯条约》的签订和两国领导人的重大互访活动等。后来搞联合国文件翻译工作，也发挥了我的所长，更扩大了我的国际视野 。

聊以自慰的是，虽然我们一度被打入谷底，但是 1978 年伴随着改革开放的春风，组织对我们落实了政策，我们回到了北京。此后，我主要用英文从事联合国文件的翻译工作。缅甸与缅语似乎已离我而去，但是缅甸的动静始终吸引着我的视线，这大概就是我心中始终不解的缅甸情结吧！